講談社文庫

狐のちょうちん

公家武者信平(のぶひら)ことはじめ(一)

佐々木裕一

講談社

目次

狐のちょうちん——公家武者信平ことはじめ（一）

序章

京橋北の南伝馬町は、日本橋へ向かって真っ直ぐな広小路が続いている立地のため、紙問屋、煙草問屋、諸国銘茶問屋などなど、大店が軒を連ね、年中活気に満ちた場所である。

また、小粋な物を並べる店も多く、若い男女が流行を求めて集まり、着ている物や髪型などを人に見せ、あるいは見たりして、楽しんでいる。

目立つことだけを考えて派手な振袖を着る娘がいれば、渋めの小袖を粋に着こなして、大人ぶる娘もいる。

それは男も同じで、地味な着流しを粋とする者がいれば、芝居小屋の役者を真似た派手な着物を着て、薄く白粉を塗り、眉墨まで引いて表情に色気を出す者もいた。

毎日のことだから珍しくもなく、少々奇抜な姿をした者が通ったくらいでは、人々は見向きもしない。

だが、今日は違っている。

広小路を北に歩む一人の若者の姿に、店先で働く者は仕事の手を休め、買い物客は足を止めて振り向き、まるで水面に小波が伝わるように、広小路の北へ人々の視線が流れる。

「まあ、なんという美しさでしょう」

「ほんに」

武家の女中らしい若いおなごが、そうささやき合い、うっとりとした目をして手をにぎり合っている。

その様子に、役者のように派手な着物を着て得意顔となっていた男たちが、若者に嫉妬の目を向けている。

「貧乏公家が」

一人が舌打ちをして言えば、

「おれたちにゃぁ、真似できねぇや」

育ちの違いを呪った。

公家と言われたのは、若者が狩衣を着ているからだ。

純白の生地に銀糸で牡丹が刺繍された狩衣は上等な物で、ぴんと張った肩口から見える単衣の赤色と、抹茶色の指貫との組み合わせが鮮やかである。

狩衣からのぞく腰の太刀は、柄と鞘が鶯色に統一され、柄の頭金と鞘の鐺は金箔が施されていて、それを、侍のように刃を上にして帯に差すのとは違い、刃を下に向け、太刀の反りを上向きにしている。

その姿たるや華麗で、派手な着物をぞろりと着てそぞろ歩く巷の男は、やぼったく見えてくるほどだ。

女だけでなく、男の目までも引くのは何も狩衣のせいだけではなく、立烏帽子を被る若者が、一重の切れ長の目を涼しげに伏せて歩む姿が、神々しくも見えるからだ。

人々の注目を浴びる若者であるが、当の本人はそのようなことにまったく興味がないのか、伏せ気味の眼差しを動かすでもなく、静かに町中を歩んでいる。

広小路を左に曲がり、鍛冶橋を渡って御門を抜けると、大名屋敷が並ぶ道を歩み、開かずの馬場先御門前を右に折れて堀沿いを進み、左手に見えてきた橋を渡って和田倉御門を潜った。

そこからは、幕府の重職に就く譜代大名たちの屋敷が建ち並ぶ聖域。

西の丸下大名小路を南にくだるが、ここまで来ると外を出歩く者の姿はなく、町人地の喧騒が嘘のように静かだ。屋敷の門はどこも堅く閉ざされ、中の様子はまったく分からない。

若者は、馬場先御門前を右に曲がり、二軒目の屋敷の門前で足を止めた。

そこは、幕府老中、阿部豊後守忠秋の屋敷だ。

番所の格子窓から外を見た番人が、中に向かって声をかけ、程なく、潜り門を開けて男が出てきた。

髪を撥鬢に結い、長柄を持った中間が腰をかがめて歩み寄り、公家の身なりをした若者を上目遣いに見ながら訊く。

「何か、御用でございますか」

「豊後守殿のお召し出しに従い参った」

まだ若々しい声に、中間は遠慮なく上から下まで見て、警戒したような顔をする。

「そなた様のお名前は」

「鷹司信平じゃ」

途端に、中間の顔つきが一変した。

「失礼しました。少々、お待ちを」

深々と頭を下げた中間は、慌てた様子で門内へ消えた。

春の風が大名小路を吹き抜け、どこからか飛んできた桜の花びらが、信平の周囲にひらひらと舞う。

この若者、鷹司信平は、江戸城、中の丸様の弟である。

中の丸様とは、三代将軍徳川家光の正室、鷹司孝子のことだ。

信平の姉孝子は、寛永二年（一六二五年）に家光と婚礼して御台所となったのだが、結婚当初から家光とは不仲であり、間もなく大奥から追放された。以来、江戸城内に設けられた邸宅で軟禁状態の生活を送っている。

一説では、家光の生母崇源院派が送り込んだ人物であるため、家光と春日局が忌み嫌い、孝子を冷遇しているといわれている。

京で暮らし、わけあって鷹司家の屋敷に住まわぬ信平がそのようなことを知るよしもなく、このたび、姉の孝子を頼って江戸にくだってきたのだ。

程なく、内側で閂を外す音がして、蝶番の鈍い音を発して大門が開かれた。

わざわざ櫓門の大門を開けたのは、孝子の実弟である信平に配慮してのことだろう。

中は、手入れの行き届いた庭木が、見事な枝ぶりを見せている。巨大な屋敷の瓦屋根が見えるが、信平の眼差しはそちらではなく、開けられた門から現れた中年の侍に向けられている。

「あるじ、豊後守様がお待ちでござる」

山本兵部と名乗る家来が軽く頭を下げ、鋭い目を向けてきた。

「さ、どうぞお入りください」

招きに応じて中に入った信平は、背後で表門が閉ざされる音を聞きつつ、山本に続く。

玄関に入り、式台を通って案内された広間で待つこと四半刻(しはんとき)(約三十分)。出された茶がすっかり冷めた頃に、屋敷のあるじが現れた。

狩衣姿の信平に対し、裃(かみしも)の礼装で応じたあるじは、

「やあ、お待たせした」

と、四十九歳になる幕府老中、阿部豊後守忠秋は気さくに言い、廊下から入ってきた。

「鷹司信平にござります る」

両手をついて平身低頭する信平に、

「堅苦しいあいさつはよいよい」

屈託のない笑顔で言いながら正面に来ると、近寄って正座した。

「さっそくだが信平殿、上様に拝謁する前に、この忠秋に話してもらわなくてはならぬことがある」

「はい」

信平はようやく顔を上げた。

豊後守は四十九にしては肌の張りと艶があり、将軍家光が一目も二目も置く人物だけに堂々としていて、きりりとした目つきをしている。

「中の丸様より、弟信平をよしなにと頼まれたのだが、正直申して、上様はお困りじゃ」

「中の丸様とは、御台様のことでございますか」

「さよう、孝子様のことじゃ。大奥を退かれ、吹上御殿の中の丸でお暮らしゆえ、そうお呼びしている」

信平はうなずいた。

「信平殿、貴殿はこの江戸に暮らしたいと申されたようだが、まことか」

「はい」

「何ゆえじゃ」

「麿は鷹司家の血を引く者ではございますが、庶子ゆえ、他の公家に養子入りするか、門跡寺院に入るしか道がございませぬ。麿は、そのどちらにもなりとうなく、御台様に文をお送りしてご相談申し上げたところ、江戸にくだって参れと、お誘いくだされたのです」

「うむ、それよ」

豊後守は、困惑した表情となった。

「中の丸様は、何ゆえそのようなことを申されたのであろうか。徳川家に輿入れされた時などは、侍ごときが、と、上様を下に見られ、戦をする我ら武者どもを忌み嫌われていたと申すに、実の弟を武者にするとは、どういう風の吹き回しであろうか、と、上様は不思議に思われておる」

信平は、揺るがぬ気持ちを表す目を向けた。

「公家の者は、徳川様より領地を賜っておきながら、位は我が上と、見くだしているところがございます。若き頃の御台様も、そう思われておられたのでございましょう」

分かっているではないかと言わんばかりに、豊後守が目を細めた。

「今の中の丸様は、違うと申すか」

信平はうなずいた。

「御台様は、徳川様に輿入れしたことを幸せに思うていると、文にしたためておられました」

「それは、まことか」

「はい。輿入れ間もなくして新しき御殿を建てていただき、以来二十数年、のんびり楽しく暮らしていると」

豊後守は目を丸くしている。皮肉にも聞こえたのだろう。

信平の言うとおり、鷹司孝子は婚礼後程なく、大奥から追い出されるように吹上御殿へ移されたのだ。

「信じられぬ」

豊後守が言うのも無理はない。誰もが、夫婦の不仲を疑わないからだ。

だが真相は違っている。鷹司孝子を突き放したのは、将軍家光の優しさによるものだった。なぜなら当時、今は亡き家光の母崇源院と、家光の乳母春日局が壮絶な権力争いをしており、大奥は真っ二つに割れていた。そこへ入った孝子は、崇源院派が送り込んだ人物として春日局から攻撃の対象になり、命の危険さえあった。それを知った家光が、美しき我が妻を守るためにわざと冷たくし、吹上に御殿を建てさせ、大奥から遠ざけたのだ。

当時孝子がそのことを知っていたかは不明だが、家光はほとんど中の丸に顔を見せなかったため、二人のあいだに子はない。だが、家光の跡継ぎである家綱（いえつな）が、孝子を母と慕っていることからも、家光が孝子のことを忌み嫌っていないのでは、と言う者もいる。

それはさておき、信平の前に座す豊後守は、大いに困っていた。春日局も七年前にこの世を去り、大奥も落ち着きを取り戻しつつあるこの時期に、孝子はなぜ、弟を呼び寄せたのか。

庶子とはいえ、鷹司家の血が流れる信平をそばに置き、権力を増して大奥へ返り咲こうとしている、と噂する者が出はじめたからには、軽く考えられることではない。

孝子は信平に、どのようなことを伝えているのか、探る必要がある。

思案していた豊後守が、ふとした様子で顔を上げた。

「実は、伝えておかねばならぬことがある」

「はい」

「中の丸様は、そなたを身近に置きたいと申されたのだが、そうはいかぬのだ。公家の血を引く者を将軍家が召し抱え、江戸城内にて仕えさせるなどできるはずもないと、公儀の重役たちが承知せぬ」

「さようですか」

信平は肩を落とした。

「早合点いたすな。このまま京へ追い返そうと申すのではないのだ。公儀が決めたことに従えるなら、上様は歓迎するとおっしゃっておられる」

「ありがたき幸せにございます。出家せずともすむならば、麿はどのようなことにも従う覚悟」

信平が軽く頭を下げると、豊後守が険しい顔で言う。

「決して良い条件は出ぬと思うが、それでもよろしいか」

「武家の末席に加えていただけるならば」

「うむ、そうか」

豊後守は信平の体軀（たいく）を確かめるような眼差しを上下させた。

「身体（からだ）が細いな。武者たるもの形だけでも剣が遣えねばならぬが、どうか」

「多少は、心得がございます」

「うむ」

豊後守はどの程度遣えるのか訊きもせず、あっさりと納得した。

今は泰平の世、戦をする荒武者などは昔の人間であり、武芸をおさめる武士とは申せ、剣術を苦手とする者が少なくなく、世の中は金と知恵を使う者が動かすようになりつつある。

公家の息子で、しかも庶子となれば、武芸はおろか、学問のほうもたいした教育は受けておるまい。

豊後守はそう言わんばかりに、信平の身体を華奢と見なし、興味を失ったようだ。

京都所司代からの報告では、信平は鷹司家の血を引きながら冷遇され、屋敷にも住んでいない。

幼き頃から六波羅の小さな屋敷に暮らし、下僕と乳母に育てられた。

五摂家の鷹司家の血を引きながら、公子としての扱いはほとんど受けず、京の町を歩けば同年代の公家の息子たちに馬鹿にされ、肩身の狭い思いをしていた。

京都所司代の調べはここまでであるが、実は信平には、誰も知らぬ恩師がいる。

信平と恩師との出会いは、偶然であった。

信平八歳のある日、一人で出かけ、川で水遊びをしていた時に公家の息子たちに絡まれ、殴る蹴るの暴行を受けた。公家の息子の争いを止めに入る町の者はいず、侍たちも、遠目に楽しみはしても、やめよと声をかける者はいなかった。

信平は年上の者三人に囲まれ、うつ伏せに倒れた背中を踏みつけられていたのだが、呻き声がしたと同時に、背中が軽くなった。

見ると、腹や足を抱えて悶絶する公家の息子たちの前に、一人の老人が立ち、手を差し伸べていたのだ。

これが師、道謙(どうけん)との出会いである。

以来、比叡山(ひえいざん)の山中にひっそりと暮らす道謙の弟子となった信平は、鞍馬山(くらまやま)での修行からはじまり、場所を変えて修行を重ね、ひとかどの人物に育て上げられたのだ。

十五歳になった今も、師、道謙との約束を守り、信平は比叡山や鞍馬山のことを誰にも話していない。むろん、目の前にいる豊後守に蔑(さげす)んだ目で見られようが、打ち明けるつもりはない。

互いの会話が途切れ、静かな刻が過ぎた。

枯山水(かれさんすい)が見事な庭を背にして座る信平に外の様子は見えぬが、忙しく鳴きながら空を飛んでいるひばりの声は、耳に届いている。

鳥のさえずりで、鞍馬山や比叡山のことが頭に浮かぶ信平のこころは、清水のごとく澄んでいる。

程なく、廊下を歩く人の足音が近づき、背後で止まった。

「殿、城より書状が届きました」

「うむ、これへ」

山本兵部が豊後守の前に進み、漆塗りの文箱(ふばこ)を差し出した。

書状に目を通した豊後守が、納得して山本に文を渡した。

「信平殿、城には半刻後に登ることとなった。それがしが案内いたすゆえ、それまでゆるりとされるがよい」

軽く頭を下げて、支度に立つ豊後守。

信平は平身低頭して、豊後守を見送った。

あるじに付き添って座敷を出た山本が、廊下に膝を突いて頭を下げると、障子を閉めた。

ゆるりと身体を起こした信平は、これからはじまると信じている新たな人生に、期待と喜びを感じ、胸をときめかせていた。

第一話　公家武者誕生

一

鷹司信平は、幕府老中阿部豊後守忠秋の案内で江戸城本丸御殿に上がり、黒書院(くろしょいん)の下段の間に控えている。

上段の間に向いて座る信平の右側には、豊後守と、もう一人、神経質そうな面立ちの中年武士が座っている。左手には、廊下に続く障子を背にして、老武士が一人座っている。

皆裃姿で、腰差しを差し、扇子は手に持つ者や、腰差しの横に差す者がいる。

豊後守は、先ほどから、扇子を開いたり閉じたりして落ち着きがない。

信平は目の端(はし)でその仕草を見ていたが、程なく背後で障子が開け閉めされて、

「遅れてあいすみませぬ」

高めの声音で男が言うと、左手の武士に並んで座った。

それを見て、豊後守が口を開いた。

「信平殿、上様がお出ましになられる前に、方々を紹介しておく」

上手に座る神経質そうな武士を指し、

「こちらは、老中松平伊豆守信綱殿」

名を告げられると、伊豆守が軽く頭を下げた。

信平が鷹司家の者であるための、形ばかりの敬意にすぎない。

「左手の上座が、将軍お側衆、中根壱岐守正盛殿」

信平が知るよしもないが、見た目は温厚そうな顔をしているこの男は、幕府大目付であり、隠密の元締めでもある。

豊後守が続ける。

「下座の者は、堀田加賀守正盛殿」

この男は目つきが鋭い。頭を下げるでもなく、信平に対して胸を張るように見下ろしている。

「加賀守殿」

豊後守に促されてようやく、への字口で頭を下げた。

家光の男色相手と噂される加賀守があからさまな態度を取るのは、信平の美しさに嫉妬したからではない。この男は、鷹司孝子を忌み嫌った春日局の義理の孫である。そのため、信平が江戸に下向すると聞いた時は、それとなく家光に反対の意見を述べている。孝子が大奥へ返り咲こうとしているという噂の発信源は、この堀田加賀守であったが、信平がこうして黒書院に来た以上、もはや阻止できぬと観念してはいるが、おもしろくないのである。

部屋の外で仰々しく太鼓が打ち鳴らされた。

信平は、一同に合わせて上段の間に向かって平身低頭し、将軍のお出ましを待った。

上段の間の障子が静かに開けられると、鮮やかな空色の羽織（はおり）を着た家光が姿を見せたが、平身低頭している信平は、足音しか聞いていない。

上段の間に人が座る気配と共に、その場が緊張する。

信平は少し頭を上げて、

「鷹司信平にござりまする。本日はご尊顔を拝し、恐悦至極（きょうえつしごく）に存じまする」

十五歳の信平が落ち着いた口調で名乗り、ふたたび平身低頭した。

家光は、嬉(うれ)しそうな顔をしている。

「信平殿、遥々(はるばる)よう参った。苦しゅうない。面(おもて)を上げよ」

「はは」

「おお、なかなか美しい顔をしておるの。中の丸によう似ておる」

どことなく、言葉に熱を帯びている。信平は視線を上げずに、将軍の膝を見ていた。

探るような間があり、家光が言う。

「歓迎するぞ、信平殿。今日からそなたは、徳川の家臣じゃ」

「はは、ありがたき幸せ」

「うむ。禄高(ろくだか)などのことは、この伊豆から聞くがよい」

「はは」

信平の背後に、人が入る気配があった。そちらへ視線を向けた家光が、小さくうなずく。

「信平殿、そこへ控える者が、今日からそなたの世話をする。遠慮なく、なんでも申しつけるがよい」

信平が膝をやや転じて後ろを向くと、白髪頭の小さな髷(まげ)を結った老武士が、両手をついて頭を下げていた。

「拙者、葉山善衛門と申しまする。今日からお世話をさせていただきます」

はっきりとした口調が、自分は頑固者であると言っているようだった。程なく面を上げたその顔は、口をへの字に引き結び、眉尻は上を向いていて、気難しそうな表情をしている。

品定めをする目つきの善衛門を真っ直ぐに見つめ返した信平は、軽く頭を下げた。

「よろしくお頼み申します」

「はは」

善衛門は大きな声で応じた。

信平は将軍家光に膝を戻し、頭を下げて言う。

「召し抱えていただくだけでなく、葉山殿までお世話いただき、重ねてお礼申し上げまする」

「なんの。そなたは余の義理の弟じゃ。本来ならば千石万石の禄を与えるべきなのだが……」

家光は言葉を切り、下段の間の廊下側に控える誰かに意味ありげな視線を向けた。

そして続ける。

「今は気持ちばかりのことしかできぬが、許せ」

「滅相もございませぬ」

まだ禄高を聞いていない信平であるが、徳川の家臣となり、武士になれた喜びに胸が一杯であった。

家光の背後に控える小姓が三方を持って前に出ると、信平の前に置いた。

「お納めください」

小姓が言い、下がった。

幾ばくかの小判が載せてあったが、信平は興味がない。それでも、家光に礼だけはきちんと述べ、ふたたび頭を下げた。

背後から善衛門が出てきて押しいただき、そそくさと後ろに下がる。

そんな善衛門に、家光は微笑んだ。

「信平殿、いや、今からは信平でよいな」

「はは」

「励めよ」

「はは」

平身低頭する信平に、家光は満足そうに笑みを浮かべてうなずく。そして立ち上がり、上段の間から退室していった。

信平が将軍家光と対面したのは、これが最初で最後のことである。

松平伊豆守が上手からこちらに膝を向け、懐から書状を取り出した。広げて、信平に目線を上げる。

「鷹司信平殿、蔵米五十石を与える」

鷹司の血を引き、将軍家光の義弟に対する禄としては少な過ぎる。

そう思うのは、欲に生きる者のみか。

当の信平は無垢（むく）そのもの。澄んだ眼差しで応じた。

「ありがたく、頂戴いたしまする」

「うむ、屋敷は深川（ふかがわ）にある。この葉山が案内いたすゆえ、今日から住まわれるがよろしかろう」

「はは」

信平は書状を受け取り、退出する松平伊豆守を見送る。

豊後守、中根壱岐守が順に立ち、最後に、堀田加賀守が立ち上がると、頭を下げる信平を見下ろして、意味ありげな薄笑いを残して立ち去った。

背後から舌打ちの音がしたのは、加賀守が退出してすぐのことだ。善衛門が膝の上に置いた手をにぎり締め、憤懣やるかたない様子。

「五十石で納得されるとは、お人がよろしいですな」

庶子とはいえ将軍御正室の弟君がたったの五十石とは情けないと言い、ため息をついた。

「旗本の末席に加えていただけたのだから、麿は満足です」

善衛門は目を見張り、口をあんぐりと開けた。

「ま、まろ？　信平殿、麿はおやめください」

「なぜです」

「あなた様は徳川の家来になられたのですから、公家言葉はおやめいただかなくてはなりませぬぞ」

「なるほど。分かりました。努力してまいります」

親子というより爺と孫ほど歳が離れているせいか、信平は老人をいたわる口調である。

善衛門は、屋敷に案内すると言って立ち上がった。

豊後守は冷たいもので、どこにも姿がない。

江戸城から市中に戻った。

拝謁はほんの四半刻（約三十分）であり、姉の孝子にも会わずじまい。いずれまたあの中

城から出てしまえば、ずいぶん遠くから戻った気がした信平は、それほどに、江戸城に暮らす姉は遠い存在なの

へ入る時が来るとは思えなかった。それほどに、江戸城に暮らす姉は遠い存在なの

だ。

城中は、今歩いている市中のにぎわいからは想像もできぬ静けさが漂い、全体の空気がぴんと張っていた。緊張感があり、武力をもって世を治めてきた武者たちの世界なのだ。

力で天下を治めてきた武者たちからしてみれば、天皇は別として、その周りにはびこる公家など、尊敬の対象には到底ならないのだろう。

国を治める実力もないくせに、官位の上にあぐらをかいて偉そうにしているだけの厄介者。格式の低い者は、公家と名乗るだけで禄高も低く、主従が食べていくのがやっとの状態だ。身分がずっと低い御家人のほうがよい暮らしをしている。

そんな身分にしがみつく気もなく、門跡寺院に入る気もない信平は、幼い頃から武士に憧れていた。

その願いが、姉のおかげで叶ったのだ。

鷹司の血族ながら、肩身の狭い幼少期を過ごした信平にとって、江戸の暮らしは夢にまで見たこと。城の中は堅苦しいが、無役の旗本なのだから、気ままな暮らしができる。明日は何をしようかなどと思いつつ、案内する善衛門と共に歩いていた。

純白の狩衣姿の信平は、日本橋を行き交う人々の注目を集めていることなど、まったく気付いていないのである。

二

葉山善衛門が、大川の渡し舟に乗るのはちと面倒だと言い、日本橋のはずれにある舟宿で川舟を雇った。

深川は大川の対岸にあるのだが、市中にかかる橋がひとつもない。大川は江戸城の外堀の役目をするため、防衛上、幕府が架橋を厳しく制限している。上流の千住にかかる大橋がひとつだけあるのだが、そこまで行って深川まで戻る者はおらず、渡し舟が武士や庶民の足として活躍している。だがその渡し舟は、日頃から大変な混み合いで、乗るのに一苦労するのだと、善衛門が教えた。

金銭に余裕がある者は、町で駕籠を雇うのと同じように舟宿で舟を雇い、大川を渡る。

善衛門は、今回は特別だと言って、信平を舟に促した。

江戸城築城時から、日本橋川流域は水運の要として整備され、江戸の町の発展に大きな役割を果たしている。多くの川舟が行き交う江戸の町は、世界屈指の水運都市でもあるのだ。

信平を乗せた舟は、日本橋川を東に進んで大川に出た。

船頭が漕ぐ艪の音が耳に心地よく、川風も優しいのでうつらうつらとしたくなる。ゆるやかに流れる大川を渡る舟から後ろに振り向けば、町家の屋根の上に富士の山が見えていた。

舟を漕ぐ船頭の動きが激しくなってきた。行き交う渡し舟の隙間を巧みに抜けて川上にのぼり、深川の狭い水路に入って東に進んで行く。

舟から見る江戸の町は風情があり、川にひしめく舟の数を見ていると、江戸が日ノ本でもっとも豊かな町であることを思い知らされる。

江戸の町では、華やかな振袖を着た娘が付き人を従えて小路を歩み、豪華な装飾が施された駕籠を担いだ武家の行列もあった。

だが、舟が今いる水路の両岸は、江戸の町とは様子が一変し、家が少ない。

善衛門が言う。

「ここは江戸の外といえる地で、武家はおりますが、その、なんといいますか」

言いにくそうな善衛門を見た船頭は、気の毒そうな顔を信平に向けた。

その船頭に、信平は笑みを浮かべる。

「麿は、城から遠ざけられたようじゃ」

「へい」

正直に応えた船頭に、善衛門が黙れと怒鳴った。

「よいではないか」

気にしない信平はそう言って、景色を見ていた。すると、紫色の矢絣を着た腰元らしき女が二人、忙しそうに川辺の道を歩んでゆく。その前方から、三人の若い侍が道幅一杯に広がり、我が物顔で歩いてきた。

信平は気になり、目が離せなくなった。

侍は三人とも人相が悪く、腰元女に向かって不敵な笑みを浮かべていて、何かたくらんでいる様子。

だが、乗っている舟が水路の角を曲がったため見えなくなった。

舟はすぐ岸に寄せられ、船着き場に到着した。

善衛門が先に降り、

「こちらですぞ」

振り向きもせずに、すたすたと路地の奥へと入っていく。

信平は先ほどの腰元たちのことが気になりはしたが、ここで迷子になるわけにはいかない。それに、人相が悪くとも、民の模範となるべき侍が、まだ陽が高いうちから見苦しい真似はするまいと思い直し、善衛門の背中を追った。

狭い路地の両側は同じような塀と門が並び、京の公家地の古き屋敷とは違い、まだ新しい。そして粗末で小さい。

鷹司の屋敷に住んでいたなら面食らったであろうが、六波羅の武家屋敷街の近くに暮らしていた信平にとっては、御家人の小さな屋敷がひしめくこの地は、どこか懐かしくもあった。

どこからか寺の鐘の音が響いてきて、ますます京を思い出す。

不思議なもので、出たいと思い続けていた土地を出てしまえば、新天地に故郷と似た景色を見つけて嬉しくなる。

鐘の音にひかれて空を見上げ、路地に視線を戻す。

善衛門が立ち止まり、吹けば飛ぶように薄っぺらで、小さな門を見上げてため息をついた。がっくりと肩を落としたようにも見え、そのせいで、背中が曲がり、いたわりを必要とする老爺に見えた。

信平が見ていることに気付いた善衛門は、

「お待ちを」

と、気を取り直したように潜り戸から入ると、門を外して門扉を開けた。

「ここが、今日からあなた様の住まいにござる」

頭を下げて迎える善衛門に、信平も頭を下げた。

屋敷は、門を入って数歩で戸口にたどり着くほど、こぢんまりした表構えであるが、地べたは掃き清められた痕跡があり、ちりひとつ落ちていない。

五十石の旗本が暮らす家に玄関と式台があるはずもなく、小さな戸口から入り、大人三人がやっと立てるほどの狭い土間で履物を脱いだ。

無地の屏風が置かれた小部屋から廊下を通り、奥へ行く。

八畳の間が三つ並び、廊下を右に曲がると左手に小さな庭があり、それをコの字に囲うように部屋が配置されていた。

庭がよく見える十畳の部屋に案内した善衛門が、

「ここが、信平殿の部屋にござる」

中に入るよう促した。

信平が腰から太刀を外して座ると、善衛門が庭を背にして、正面を向いて正座した。

「改めまして、拙者、長らく将軍家光様のおそばにて雑用をしておりましたが、こたび、信平殿にお仕えせよとの命を受け、ありがたくお受けいたした次第。武家のことしか分からぬ武骨者ゆえ、元公家の信平殿におかれましては気に入らぬことが多々あろうかと存じまする。その時はどうぞ遠慮なく、お暇をお出しくだされ」

この古狸、ようは、江戸城へ戻りたいのだ。

善衛門は、江戸城の西を守る番町に屋敷を賜る二千石の旗本であるが、若い時に妻を病で亡くし、以来独り身である。そのため子がなく、甥の正房を養子に取り、すでに家督を譲っている。

隠居した後も家光に奉公し、天下人の雑務をこなすことを生きがいとしていた。それが、突然の命令によって江戸城を去ることになり、しかも、外堀といえる大川の向こう岸の、柄の悪い武家の吹き溜まりのような土地に来させられたのだ。心中が穏やかなはずはない。

僅か十五歳で、なんの権力も持たぬ公家崩れなどほっぽりだして、将軍のそばに戻りたいと思うのは当然であろう。

家を見回した善衛門は、物を食うているかのように口をむにむにと動かし、不平をもらした。

「信平殿は将軍家の義弟だと申すに、小さい家ですな」

信平も見回し、微笑んだ。

「よい屋敷です」

実際、信平にとってこの屋敷は十分過ぎるほど広いものである。

あきらめとも取れる大きなため息を吐いた善衛門が言うには、土地だけで百五十坪、建物は八十坪前後あるらしい。新築ではなく、かつては大田某と申す御家人が暮らしていたが、千石の旗本に出世して三年前に神田へ引っ越し、以来空き家だったらしい。

「信平殿も、早うご出世なされませ。この深川に暮らす武家は、ほとんどが無役の貧乏旗本や御家人ばかり。町らしい町は神社仏閣の周囲のみござるが、正式にお上の許しを得たものではなく、町名すらない場所も多く、葦原を築地した者が名主となり、勝手に己の名をそのまま町名にしております。そういうわけで、この地は公儀の目が届きませぬから、悪さをする者が多く、また、江戸で悪事を働いた者が身を潜める場にもなっており、公家の、いや失礼、元公家のそなた様にとっては、住みよい場所とは申せませぬ」

「そのようには見えませんが」

信平があっけらかんと言うと、善衛門は不服そうな顔を横に向けた。

「まあ、今に分かるでしょう。怪我をせぬためにも、みだりに外へお出にならぬことです。特にその格好では」

横を向いたままぼそぼそ言うものだから、信平は聞き取りにくい。

「今、なんと」

「なんでもござらぬ」

「失礼します」

障子の陰で若い女の声がした。

善衛門が、

「うむ、入れ」

と言って立ち上がり、信平のそばに来て座り直す。

お盆を押しいただくように持った女が現れ、信平の前に来ると、羊羹とお茶を置いた。

　年は二十歳前後だろうか、鮮やかな青色の矢絣の着物を着た女は、落ち着いており、大人の女性という雰囲気が漂っている。

　細く尖った顎の上で引き結ばれた唇は薄く、鼻頭は細い。美形なのだが、やや目尻が上向いた二重の目つきが厳しいせいか、表情に棘があり、きつい性格の持ち主であると思わせる顔立ちをしている。

「お茶をどうぞ」

　睨むように湯飲みを見下ろし、持ってきたのになぜ飲まない、と言わんばかりの口調で言われて、信平と善衛門が慌てて手を伸ばした。

　熱いのを一口含んだ善衛門が、

「そなたは……」

　誰だと聞く前に、女が答えた。

「お初と申します。二日前より、この屋敷でご奉公させていただいておりまする」

　笑みもなく厳しい口調に、信平は黙って茶を飲んでいる。

　善衛門は、穏やかに言う。

「では、屋敷の掃除をしてくれたのはそなたか」

「はい」

「うむ、わしは葉山善衛門だ。上様の命で、今日から信平殿のおそばに仕えることとなった。して、お初殿は、どなたに命じられて来たのだ」

「阿部豊後守様にございます」

「ほう、豊後守様にのう」

探るような目つきで言う善衛門に、お初は刺すような眼差しを向けた。

「何か」

「あ、いや、なんでもない、そうか、そなたものう」

慌てた善衛門だが、また、意味ありげな目を向けている。

「つまりお二人とも、麿の目付ということですか」

信平がさらりと言うものだから、善衛門は慌てた。

「い、いえ、そのようなことは。のう、お初殿」

「そうですとも、何を申されます」

お初は動じずに言うが、二人の結束はそうだと白状しているようなもの。

「麿の思いすごしでしたか」

信平はそういうことにして、改めて頭を下げた。

「今日から、世話になります」

お初は、公家は偉そうな者ばかりだと決めつけていたのか、頭を下げられて目を丸くし、善衛門を見た。

このような御仁だ、という面持ちで、善衛門がうなずいている。

微笑んだお初は、信平が畳に太刀を置いたままにしているのを見て、立ち上がった。

「お刀を」

「すまぬ」

小袖を手の平に載せて太刀を受けたお初が、刀掛けにそろりと下ろす。

善衛門は、柄と鞘が鶯色に統一された太刀に興味を持ったのか、まじまじと見つめて訊いた。

「なかなか見事なこしらえですな」

「父上から賜りました。武者になるなら、これを持てと」

「ほう。関白まで務められたお父上から。では、さぞかし名のある物でしょうな。太刀名を教えてくだされ」

「狐丸（きつねまる）と銘が彫ってあります」

「まあ、可愛いこと」

お初が興味なさそうに言えば、

「それはまた、面妖な」

善衛門が呆れ顔となり、いかにも公家らしいと笑う。

「狐にまつわる伝説でもござるのかな」

「はい。そう聞いております」

善衛門は驚いた。

「ござるのか。では、聞かせてもらえませぬか」

信平は応じて、居住まいを正した。

「父上がおっしゃるには、その昔、平安の世に、京の三条に住んでいた宗近と申す刀鍛冶が、朝廷より新刀を作るよう命じられたのですが、よい物ができずに悩み、氏神に祈願したそうです」

お初が小袖についた糸くずを見つけて取っている。

善衛門は宗近と聞いて、何かを思い出そうと天井に目を向けている。

信平はかまわず続けた。

「祈願を終えて戻ったその夜、稲荷明神と名乗る一人の小僧が現れて鍛冶の相槌を打ち、朝廷に献上できる宝刀を作ったとされています。言い伝えでは、白狐様が小僧に化けて作ったので小狐丸と命名され、朝廷に献上されたとありますが、その時、刀は二口できていたのです。朝廷に献上された小狐丸にくらべ美しさが劣るもう一口は、より実戦向きの太刀であり、狐丸と命名され、初めは九条家に納められました。その後、九条家が朝廷から小狐丸を授かることとなり、狐丸は、九条家より鷹司家に伝えられたといわれています」

白狐が化けて作ったというのに興味が湧いたのか、いつの間にかお初が身を乗り出し、目を輝かせている。

善衛門は相変わらず思案していたが、

「おお！　思い出した！」

と、目を丸くして膝をたたいた。

「宗近と申せば、三条宗近だ。将軍家秘蔵の宝刀、三日月宗近を作った刀匠だ」

善衛門いわく、三日月宗近はこの世でもっとも美しい刀といわれているらしく、足利将軍家、豊臣家と伝わり、今は徳川家秘蔵の宝とされている。

「見たことがあるのですか」

お初が訊くと、善衛門は、ある、と答えた。一度だけ、将軍家光に頼み込んで見せてもらったという。

その美しさたるや、まさに神剣であると言い、二代将軍秀忠様がどうのこうのと言いはじめると、お初は途端に興味をなくして、湯飲みを片付けてそそくさと立ち去った。

勢いづいた善衛門から、刀のことをあれこれ聞かされた信平は、同じ刀匠が作った三日月宗近を見たいと思った。御狐様が化けて手伝った刀との違いを見てみたくなったのだが、将軍家秘蔵とあれば、叶うことはないとあきらめた。

ふと前を見れば、善衛門が懇願していた。

「拝ませて、いただけぬか」

善衛門にくらべてもらえばよいのだと思った信平は、快諾した。

狐丸を刀掛けから取って渡してやると、善衛門は懐紙を出して口に挟み、鞘から引き抜いた。

西日によって、刀身が金色に輝いた。鏡のように磨かれた地金とは対照的に、刃紋が霞んでいる。身幅が広く、重ねも厚く、まさに実戦向きの太刀だ。それでいて、美しい。

鞘に納め、口から懐紙を取った葉山が、おそれいったとばかりに唸った。

「まさに、宝刀。この一口で、一国一城の価値がありますぞ」

「まさか、そのようなこと……」

「ございます。三日月宗近以上の代物かと。これより美しき小狐丸とは、いったいどのような物であろうか。うぅむ、見てみたい」

唸るように言う善衛門に、信平は微笑んだ。

「よほど、刀に興味をお持ちなのですね」

善衛門は驚いた顔をする。

「武士であれば当然かと。誰しも、一度は宝刀を腰に下げてみたいと思うておりますぞ」

大切にされよと言って、狐丸を返した。

「信平様、夕餉の時刻にございます」

戻ってきたお初が言い、善衛門の背後の襖を開けた。

庭が眺められる隣の部屋は、膳の間というらしく、食事はここでしていただくと、お初が教えた。

膳がひとつしかないのを見て、

「お二人の分は、ないのですか」

と、信平。困惑する二人に向かって、これからは三人で暮らすのだから、食事を共にしようと誘った。

善衛門が快諾した。

「それはよいですな。お初殿、いかがじゃ」

お初は困惑している。

「葉山殿はともかく、わたしが信平様と食事を共にさせていただくなど、あり得ませぬ」

「何ゆえじゃ」

訊く信平に、お初は驚いた顔をする。

「わたしは下働きの者ですから」

「麿は、皆で食事をしたい」

善衛門はうなずき、お初に言う。

「ここは江戸ではないのだから、よいではないか」

するとお初が善衛門に真顔を向け、信平には微笑んだ。

「分かりました。では、支度をしてまいりますから、信平様は冷めぬうちにお召し上がりください」

信平は箸に手をつけず、お初を待った。

お初は程なく二人の膳を調え、ささやかな宴がはじまった。

善衛門は酒好きらしく、手酌でぐいぐい飲んでいる。

信平は、目の前に並ぶ料理に箸をつけ、初めて食べた鰆の塩焼きが美味しく、ご飯を五杯おかわりしてお初を驚かせた。

「若いというのは、よいことじゃ」

すっかり気分がよくなった善衛門が、まるであるじのような口調で言い、これも食べろと鰆の皿を信平の膳に載せようとして、行儀が悪いとお初に叱られている。

その様子を見ていた信平は、今日が初対面であるが、この二人とならうまく暮らしていけそうだと思い、ほっと胸をなで下ろした。

三

どれほど時が過ぎたであろうか、ふと、信平は目をさました。

布団に寝て、着物も寝間着に着替えているが、まったく覚えていない。

夕餉の時に、調子に乗って酒を飲んだのがいけなかった。

十五歳でも酒は初めてではないが、酒を飲み慣れている善衛門に敵うはずもなく、盃に三杯までは覚えているが、その後のことは記憶にない。

厠に立とうとして、ふと気付く。

（はて、どこにあるのだ）

この屋敷に来て一度も厠に行っておらず、場所を聞いてもいなかった。真っ暗な部屋の中で途方にくれる余裕もなく、じわりと脂汗が滲んでくる。

とりあえず外に出ようと障子を開け、廊下を右へ歩みかけて止まった。

庭がある表側に、厠があるはずはない。

そのうちにも我慢の限界が近づき、焦った信平は、大声を出して善衛門を起こそうかと思ったが、眠りを妨げては申しわけないと遠慮し、部屋の中をうろうろした。そして、地窓から裏庭をのぞき見た。暗くてよく分からないが、行くしかない。表から庭履きを持って走り、地窓を潜って外に出た。ひんやりとした夜風が身体を締め付け、我慢の限界が来た。

裏庭に植木を見つけ、その根本に走る。

厠ではないが、ここならいいだろう。

ふうっと、息を吐いた。さぞかし間抜けな顔になっていることだろう。

用を足してみれば、庭にしたことが後ろめたくなり、誰かに見つかってはならぬと急いで戻る。すると、左手の建物で物音がした。建物といっても小屋のようなものだ。

中に誰かいるのかと思い、近づいてみる。物置だろうか、それにしては、目の高さに格子窓があり、僅かに明かりがもれている。

そっと近づき、板壁に耳を近づけて中の様子を探った。こちらの存在に気付いて息を潜めているのか、物音ひとつしなくなった。閉められた窓の隙間から湯気が出ていることに気付き、これが湯殿だと分かった。

誰が入っているのだ。

善衛門ならよいが、お初だといけないので戻ろうとしたその時、格子窓がさっと横に開き、冷水が飛んできた。

一瞬のことに逃げる間もなく、信平が濡れ鼠で立ちすくんでいると、窓の奥で、

「あっ」

と、お初が絶句した。

一瞬だが、薄暗い明かりの中に、引き締まった裸体が見えた。

よりにもよって、お初が湯に入っていたのだ。

お初は悲鳴をあげるでもなく、ぱたりと木窓を閉めた。

信平はなんと言えばよいか分からず、顔が熱くなった。この場にいてはまずいと思い、

「すまぬ、知らなかったのだ」

それだけ言い、走り去った。

部屋に戻って布団に入ったが、目を閉じるとすぐに、ふくよかな乳房が浮かび、はっとして起き上がる。

生まれて初めて女の裸を見たせいか、奇妙な胸の高まりがする。落ち着かぬ気分を静めようと大きく息をするが、目を閉じるとまた、乳房が現れた。

「信平様」

襖の向こうからお初に声をかけられ、どきりとした。

「は、はい」

「お着替えをお持ちいたしました」

言われて、着物が濡れていることに気付く。

「そ、そこへ置いてください。あの……」

返事はなく、静かな足音が去っていく。

信平がそろりと襖を開けると、きちんと畳まれた着物が置いてあった。

「わっはっはぁ。そうですか、それは災難でございましたなぁ」

翌朝、善衛門に厠のことを話すと、愉快そうに笑いながら場所を教えてくれた。

裏の木の根本にしたと言うと、よい肥(こえ)になりましょうなどと言ってまた笑う。

朝の支度をすませて膳の間に行くと、お初が温かい味噌汁(みそしる)と炊き立てのご飯を持ってきた。

善衛門が厠のことをおもしろおかしく言って聞かせるが、お初は笑いもせず、信平の膳にご飯をよそった茶碗(ちゃわん)と味噌汁のお椀(わん)を置いた。

続いて葉山の膳に向かうと、荒々しく器を置く。

「なんだ、機嫌が悪いのう」

眉根を寄せる善衛門に、信平が言う。

「麿が、悪いのでございますよ」

「何ゆえにござる」

「昨夜、裏に……」

「信平様！」

お初にぴしゃりと遮られた。

「お食事の時に厠のことなど、はしたのうございますよ」

向けられた目顔は、その先を言うなと訴えている。

お初と目が合うと途端に、昨夜の光景がよみがえり、顔が熱くなってきた。

「申しわけない」

慌てて目線を外し、裸を見てしまったことを詫（わ）びる意味で、信平は頭を下げた。

事情を知らぬ善衛門は、お初の剣幕に首をすくめ、口を挟まず食事をしている。

それから三人は、黙然（もくねん）と箸を動かしていたが、

「おお、そうじゃ。信平殿」

善衛門が箸を止めて、話しかけてきた。

「剣術のほうは、できますのか」

信平は箸を置き、善衛門を見た。

「少しばかりは」

「少しとは、習（なろ）うたことがある、ということですかな」

「はい」

善衛門は、うぅん、と言い、考える顔をした。

「それでは、宝刀が泣きますな」

「……………」

「この深川には、一刀流で名が知れた関谷道場がござるが、通うてみられますか」

「一刀流、ですか」

「世の中には数多の流派がござるが、中でも一刀流は誰しも知る剣術。奥義を極めようとすれば、当然奥は深うなります。されど、これから剣をはじめる者にとっては、もっとも適しておりますぞ」

ようは、基本中の基本を習うなら、一刀流だと言いたいのである。

信平は二つ返事で承諾した。

一刀流に興味はないが、道場に通うことで、この屋敷から出かける口実ができる。

町見物ができようというものだ。

食事を終えたらさっそく出かけようと言うので、信平は応じて、飯をかき込んだ。

お初が厳しい目を向ける。

「信平様、お行儀がお悪いですよ」

飯が詰まった信平は胸をたたき、茶を飲んで流し込んだ。

「お初殿、ごちそうさま」

手を合わせて礼を言い、部屋に戻って出かける支度をした。

善衛門が目を見張る。

「待ちなされ、その格好で行くつもりでござるか」

信平は昨日と同じ狩衣を着ている。

「いけませぬか」

「いや、まあ、悪くはござらぬが」

善衛門は、徳川の家臣が公家の身なりをして外出するのが気に入らないのだ。

「なんとかなりませぬか」

「困りました。これしか持っておりませぬ」

「そうでしたな。まあいいでしょう。されど、狩衣を着て歩くのは、新しい着物ができるまでですぞ」

日本橋界隈(かいわい)でも人々の注目を集めた信平だ。屋敷を出て道場へ向かう道すがら、深川の人たちの目を集めたのは言うまでもない。

朝湯帰りの女たちがすぐに騒ぎだし、

「あら綺麗(きれい)」

「可愛いこと」

などと言って、十五歳の信平に色目を向けてくる。

「こりゃ。見世物ではないぞ！」

善衛門が迷惑そうに追い払おうとしたが、武家を恐れぬ女たちから、

「なんだい、減るもんじゃないのに」

「そうだよ、唐変木(とうへんぼく)」

「年寄りは引っ込んでなよ」

罵声を浴びせられ、逆にやりこめられた。

これが方々で起こるのだから、たまったものではない。

「まったく、けしからん」

善衛門は顔を真っ赤にして怒り、足を速めた。

当の信平はというと、誰が声をかけようが見向きもせず、切れ長の目を伏せ気味にして上品に歩んでいる。

ふと足を止めて、呑気(のんき)に景色を眺めた。

「善衛門殿、この深川は、海が輝いて美しい。もっと町のようかと思うていたが、人も少なく、のんびり暮らせそうです」

善衛門はため息をついた。

「それがしは、早う江戸に戻りたい」

「善衛門殿、何か申されたか」

「いいえ、空耳です。さ、まいりますぞ」

善衛門に促され、信平は海を見ながら歩みを進めた。

葦原が多い深川は、古くからある霊巌寺周辺や、大川に面した弥兵衛町（後の清住町）など、まだ一部の地域しか町家が許されておらず、人も少ない。

江戸から遠ざけられた旗本や御家人を相手に商売をする者も住み着き、徐々に広がりを見せてはいるが、いまだのどかな景色が広がっている。

関谷道場は、そんな深川の中では、人が多い場所にある。

二十三年前に建立された深川八幡宮（富岡八幡宮）は、隣接する永代寺と共に徳川将軍家の庇護を受けて発展し、門前は町家が許されていないにもかかわらず、参詣客を狙う商人たちが店を出している。

将軍家が庇護をしていることもあり、江戸に暮らす者たちからは深川の八幡様と親しまれ、日々参詣客が絶えない。

善衛門から八幡宮のことを聞きながら歩いていた信平は、行き交う人の多さと、商家の繁盛ぶりを見ていた。

海が近く、町中に吹く風は、ほのかに潮の香りがした。

「ここにござる」

案内された道場は、立派な門構えであった。

三百坪の敷地を持つらしく、門人の身分は大名や大身旗本から、下は御家人までと広く、人数は二百を超えるというから凄い。

大半の者は、舟を使ってわざわざ江戸から通うだけに稽古も熱心で、門から中に入ると、気合の入った声が響いてきた。

道場に近づくにつれて、迫力が増してくる。

「おお、やっとるやっとる」

気が高ぶったように善衛門が言い、さらに足を速めた。

「信平殿、早うまいられよ」

「はい」

信平は小走りで付いて行く。

門人に案内されて道場に入ると、急に、耳をつんざく気合が響いた。

一斉に気合をかけ、木刀がかち合う音と共に、床板に踏み込む足の圧力で振動が伝わってくる。

大声を出さぬと隣の者に聞こえぬ中、

「葉山殿！　こちらへ！」

腹に響く低い声がした。

上座に正座している総髪の男が、廊下に現れた善衛門に気付いて大声をかけたのだ。

めまぐるしく動き回る門人たちの向こうで手を上げ、上座に来るよう誘っている。

信平は、促す善衛門に続いて上座に歩んだ。

善衛門が言う。

「関谷殿、お久しゅうござる」

「十年ぶりですかな」

関谷は、温厚そうな笑みを浮かべている。

「稽古は相変わらずの迫力だな。いや実に、壮観だ」

稽古に励む門人たちを見ながら、善衛門が続ける。

「今日は、お願いがありお邪魔をした」

「聞きましょう」

「この御仁に、剣術を指南してはもらえまいか」

「入門をご希望ですか」

「いや、できれば、客人として扱っていただきたい」

「ほほう」

信平に視線を転じた関谷は、目を細めた。微笑んでいるように見えるが、眼差しは厳しい。

「ご身分が高きお方のようだな」

関谷に言われて、善衛門は即答した。

「いえ、このような身なりをしておりまするが、五十石取りの旗本にござります」

信平は正座し、頭を下げた。

すると関谷は、穏やかな笑みを浮かべた。

「関谷天甲(てんこう)にございます」

「鷹司信平です」

関谷は目を丸くして、善衛門に顔を向けた。

「まさか、上様御正室のお血筋か」

「いかにも。中の丸様の弟君であらせられるが、こたび徳川将軍家の旗本となられた」

「なんと、公家から武家に」

「うむ、であるから剣術を身につけていただくために、ここへお連れしたのだ。どうであろう関谷殿、まだ十五歳とお若いゆえ、剣術をはじめるにはよかろう」

関谷はうなずき、信平を見た。

「このような道場でよろしければ、いつでもお通いくださりませ」

「おそれいりまする」

信平はふたたび頭を下げた。

善衛門が満足そうな笑みを浮かべる。

「信平殿、ようございましたな。さっそく木刀を振るってみられますか」

「はぁ……」

信平は苦笑いをした。

「どうなされた、臆されたか」

「いえ」

信平は関谷に向かい、改めて頭を下げた。

「では、お願い申します」

「承知しました」

関谷は立ち上がり、歩みでる。

「やめい！」

この一声で、道場にひしめいていた門人たちがぴたりと稽古をやめ、互いに礼をし左右に分かれて正座した。

あれほどの激しい稽古が嘘のように、しんと静まり返っている。中には、客が来ていたことに今気付いたという顔をする者がいて、狩衣姿の信平に好奇な目つきを向け、何者だと探るように、同輩たちと顔を見合わせている。

関谷が言う。

「皆に紹介する。今日から道場に通われることになった鷹司信平様だ」

「信平にございます。よろしくお願い申します」

信平が頭を下げると、門人たちは揃って平身低頭した。

鷹司と聞いてそうしたのではなく、相手が誰であろうと、道場内ではきちんと礼をする。これは、関谷道場の決まりである。

紹介がすむと、信平は門人たちに加わり、稽古をはじめた。

高弟の和久井仁兵衛から一刀流の基本を学び、歳が同じだという増岡弥三郎と並んで木刀を振る。

弥三郎は剣術をはじめて半年だというが、身体も小さくて筋が悪いのか、和久井に叱られてばかりだ。

まずは素振り百回。

終わった時、弥三郎はへとへとになっていたが、信平は汗もかいていない。

たっぷり汗を流している弥三郎と共に、井戸端へ汗を拭きに行った。

無口な弥三郎は、黙然と身体を拭いている。どこかおどおどしたところがあり、視線に落ち着きがない。

信平は、稽古着の上を脱いだ弥三郎の身体に目を止めた。布で汗を拭く胸や腹に、青あざがあったからだ。

見られていることに気付いた弥三郎が隠すように向きを変えたが、その背中には、赤紫の真新しいあざがあった。

木刀で打たれたのだろうか。それにしても、痛々しい。

「稽古は、辛(つら)いですか」

信平が話しかけると、

「い、いえ」

一言答えただけで、神経質そうに身体を拭いている。

「信平殿、そろそろ帰りましょう」

善衛門が声をかけてきた。

信平は応じて、

「では、増岡殿、また明日」

声をかけたが、弥三郎は目を合わせようとせず、ぺこりと頭を下げる。

関谷道場を出ると、善衛門が話しかけてきた。

「稽古は、どうでありましたかな」

「道場は初めてですから、なかなかおもしろうございました」

善衛門は嬉しそうな笑みを浮かべた。

「それはようござった。関谷殿が、筋がよいと褒めておりましたぞ。剣は、どなたから教わったのです」

「誰というほどの者は……」

信平は、師、道謙のことを伏せ、六波羅に住む武家の幼なじみから教わったと、適当なことを言った。

「子供の遊びで覚えたにしては、たいしたものだ。関谷殿に稽古を付けていただけば、すぐに上達しますぞ」

刀を振る真似をして胸を張る善衛門は、来る時とは違い、信平が町の者から注目を浴びても上機嫌で歩いている。公家の軟弱者は格好ばかりだ、と、思っていたに違いない。

道端にだんご屋を見つけて、

「信平殿、小腹が空いたでしょう。だんごをいただきませぬか」

上機嫌で誘う。稽古を頑張った褒美らしい。

喜んで誘いに乗ると、二人並んで、表の長床机（ながしょうぎ）に腰かけた。

融通が利かぬ頑固者だと思っていたが、案外単純な爺様だと分かり、信平は密（ひそ）かに笑った。深川へ来た時は、屋敷に押し込められるかと案じていたが、外へ出かけるのは容易（たやす）いことだと思う信平であった。

四

「おい、まだか」

「まだ来ぬ」

「何をしているのだ。遅いではないか」

「まあ、そう慌てるな。どこにも逃げられはせぬ」

三人の男が、深川八幡宮や永代寺の参詣客を当てに商売をするめし屋の二階を借り、誰かを待っているようだ。通りが見渡せる外障子を少し開けて、一人が見張っている。

生地のよい羽織袴を着けている三人は旗本の子息であり、関谷道場の門人であるが、今日は、信平が紹介され、木刀を振りはじめると退散し、こうして遊んでいるのだ。

昼間から酒をあおり、大人びた口調でしゃべってはいるが、まだ十六、七の若造。

追加の酒を持ってきた女中が、男どもから飢えたような目を向けられ、身を縮めて怯えている。

「そこへ置け」

特に目つきが悪い男から厳しく言われた女中は、震える手でちろりを置き、逃げるように段梯子を下りた。

その様子を見て、三人は愉快そうに笑った。

「取って食われそうな顔をしておったな」

「自分の顔がどんなものか知らぬようだな」

「小便臭いがきに用はねえ」

などと言い、また笑う。

「ああ、早く遊びに行きてえ」

「今日は、梅屋に行こう」

「梅屋なら、浮舟はおれが買う」

吉原で女を買う話で盛り上がっている二人を背に、

「あの野郎、何していやがる」

見張り役の男が苛立った。

そこへ、若者がのこのこ歩いてきた。藍染の着物に灰色の袴姿の、増岡弥三郎だ。

関谷道場で稽古を終えた弥三郎は、腰に差した大小が重そうに見えるほど、華奢な身体をしている。稽古着を入れた風呂敷包みでさえ、重そうに見えるのだ。

見つけた見張り役が、舌なめずりをする。

「来たぞ、金づるが」

人相の悪い男が応じる。

「よし、ひとつ脅してやるか」

段梯子を下り、外へ出た三人は、弥三郎の跡を追う。

弥三郎が堀川にかかる橋を渡っていると、後ろから肩をたたかれた。ぎくりとして立ち止まり、肩を縮めて立ちすくむ。

「やあ、弥三郎殿、また会いましたね」

「へ？」

弥三郎が、素っ頓狂な声を出して振り向く。そこには、純白の狩衣に抹茶色の指貫を穿いた公家の若者がいた。鷹司信平である。

信平は、だんご屋から出た時に弥三郎を見かけて、追って声をかけたのだ。

「あなたは……」

「今日はどうも」

「いえ、こちらこそ」

「真っ直ぐお帰りか」

「え？　あ、うん」

弥三郎が上目遣いで、首を縦に振る。

「麿、いや、わたしはこの先の屋敷を拝領したばかりなのだが、そなた様は」

「わたしも、すぐ近くです」

「では、共に帰りましょう」

「いえ、わたしは一人で」

「さ、行きましょう」

信平は腕を引き、一度善衛門を見て弥三郎と並んで歩いた。

弥三郎は相変わらずおどおどしていて、落ち着きなく周囲に視線を走らせている。

「ひとつ訊いてもよいか」

「…………」

答えは返らぬが、信平は気になっていたことを口にした。

「道場にいる時から思っていたのだが、何に怯えている」

「いえ、べつに」

「はて、先ほどから跡をつけられているようだが、気のせいか」

ぎくりとしたのが分かるほど肩を震わせた弥三郎が、驚愕（きょうがく）した面持ちで振り向こうとしたので、

「見ぬほうがよい」

と、制し、背中を押して歩かせる。

名も知らぬ橋を渡ったところで、弥三郎の腕を引いて走り、物陰に隠れた。

慌てて追ってきた善衛門が問う。

「信平殿、急にいかがされました」

「しぃ！」

きょとんとする善衛門を引っ張り込み、橋を見張る。すると、三人の若者が走ってくると、あたりを見回しながら通り過ぎて行った。

信平が言う。

「あの者たちは見覚えがある」

「道場におりましたぞ」

そう言う善衛門に、信平はうなずく。

「昨日深川にまいった時にも、舟の上から見かけた」

「さようでしたか。あまり人柄がよさそうにありませんな」

信平が弥三郎に訊く。

「あの者たちは、そなたに用があるのか」

「…………」

うつむいて押し黙る弥三郎に、

「これ、黙っていては分からぬぞ」

善衛門が叱りつけるように言う。

するると弥三郎は、辛そうに目をつぶった。

察した信平は、善衛門に顔を向けた。

「ここにいては見つかってしまう。どこかよいところはないですか」

「と申されても、このあたりはよう分からぬのです」

「こ、こちらへ」

弥三郎が促すまま付いて行くと、来た道を引き返し、橋を渡った。

橋詰めを右に曲がり、川沿いを少し進んだところで左の細い路地に入ると、立木屋と名が入った門灯がかけられた裏木戸の前で止まり、戸を開けた。

「どうぞ中へ」

信平は言われるまま中に入った。

善衛門も入り、

「ここは、おぬしのなんなのだ。知り合いの家か」

言いながら、中を見回している。

裏庭にしては広く、蔵もあり、奥に見える家はずいぶんと立派なものだ。

「立木屋と書かれていたな」

善衛門が言うと、弥三郎はうなずいた。

「わたしは、この家の出です。元々、武家の子ではないのです」

「なんと」

善衛門が目を丸くした。それがまことなら、武家の者しか門人にしない関谷道場を騙(だま)したことになる。

「天甲殿は、承知しておるのか」

「それは……」

「跡をつけてきた三人とは、どのような関係なのです」

訊く信平を見た弥三郎は、辛そうな顔をして黙り込んだ。叱られたようにうな垂れて、地面を見つめている。

「誰です！」

どこからか、慌てたような中年の男の声がした。

「弥三郎様！　さては、またあいつらに……」

そう言って駆け寄った男は、庭木の陰になっていた信平と善衛門に気付き、ぎょっとした。

「どなたです？」

「わたしの、友人です」

弥三郎が言い、信平に照れ笑いをした。

信平も笑みで応じ、男に言う。

「鷹司です」

「葉山善衛門にござる」

「これは、失礼しました。手前は立木屋で番頭を務めております、宗吉にございます。ささ、こちらへどうぞ」

「いや、それには及ばぬ」

善衛門は断ったが、信平は、弥三郎が物悲しげな顔をしているので、気になって仕方がない。

「では、遠慮なく」

信平殿、と、止める善衛門を無視して、すたすたと奥に歩み、招きに応じて縁側から上がった。

将軍の義弟が町家に、しかも縁側から上がるなど考えられないのだろう。

青い顔をした善衛門は手で額を押さえ、困惑している。

「善衛門殿」

信平に呼ばれて、

「今行きます」

気を取り直した善衛門は、座敷に上がった。

信平は上座をすすめられ、従って正座した。

程なく、家人が現れた。この家の妻らしき中年の女が小走りで廊下から現れるやいなや、

「弥三郎」

と、今にも泣きそうな顔をする。

「母上」

弥三郎は膝を進めたが、続いて現れた男の顔を見て、萎縮したように背中を丸めた。

男は怒気を浮かべて言う。

「弥三郎、何をしているのです。ここへ来てはいけないと、あれほど言ったではありませんか」

「申しわけありません、兄上」

「いったいどうなっておるのだ」

善衛門が口を挟んだ。

弥三郎の兄が恐縮し、善衛門の前に正座する。

「あるじの弥一郎(やいちろう)にございます」

平身低頭する弥一郎に、善衛門がうなずく。

「葉山善衛門だ。こちらは鷹司信平殿」

「ははあ」

「弥一郎、弥三郎殿は実の弟か」

「さようでございます。弟が、何かご迷惑をおかけしましたのでしょうか」

「いや、そうではない。関谷道場は武家しか門人になれぬと聞いておるゆえ、いささか驚いただけじゃ」

「確かに、弥三郎は弟にございますが、今は増岡家の跡取り、まぎれもない武士にございます」

「ほう、では、養子に入られたか」

「はい」

「なるほど、それを早く申さぬか弥三郎。いや、いらぬ詮索をしてしもうた。許せ」

「滅相もございませぬ」

弥一郎は苦笑いを浮かべ、

「それでその、何か、ございましたか」

弥三郎に顔を向け、信平を見てきた。公家の身なりが気になり、心配になったのだろう。

信平が言う。

「先ほど番頭の宗吉殿が、またあいつらに、と申されたが、弥三郎殿は、誰かに追われる身なのか」

善衛門が慌てた。

「信平殿、そのようなことは……」

「よいのです」

信平は善衛門の口を制し、弥三郎と弥一郎に訊く。

「よければ、三人組に追われたわけを聞かせてください」

すると弥一郎が弥三郎を見た。

「お前まだ、あのごろつきにからまれているのかい」

弥三郎は、青白い顔でうつむいている。

「まったく、仕方がないね、この子は」

弥一郎はそう言って、信平に顔を向けてきた。

「お公家様に、手前どものことなどを申し上げてよろしいのでしょうか」

「麿はこのような身なりをしているが、今は徳川家の旗本。遠慮はいりませぬ」

「さようで……」

弥一郎はうなずいたものの、

「ええ？」

と、目を丸くした。

「元公家ということじゃ。深く訊くでない」

善衛門が厳しく言うものだから、弥一郎は頭を下げた。

信平が顔を上げさせる。

「麿にできることがあれば、力になりましょう。まずは、弥三郎殿のことからお話しくだされ」

「では、お言葉に甘えさせていただきます」

弥一郎は居住まいを正し、話しはじめた。

それによると、弥三郎は、深川で木材問屋を営む立木屋の三男坊。父親の孝右衛門（こうえもん）は一代で財を成したやり手であるが、武家に対する憧れのようなものを抱いており、豊富な資金にものをいわせて、旗本株を手に入れようとしたことがあるとか。

しかし幕府の許しを得られず、士分に上がることは叶わなかった。そこで、かねてより知り合いの旗本から、増岡家に跡取りがいないことを教えられ、三男坊の弥三郎を養子にと、なかば強引に話を持ちかけたのである。その孝右衛門はすでに隠居し、今は旅に出ているとか。

「身分を買うためにいくら払ったのか、手前には分かりませんが」

弥一郎はそう誤魔化したが、表情から察して、かなりの小判を積んでいるようだ。

増岡家にとっては跡継ぎもでき、持参金も入るのだから一石二鳥。

「この子は、父親の犠牲になったのでございますよ」

母親が、途方にくれたように言う。

「主人は、この立木屋から武士を出したい、そのようなことばかり申しておりましたが、いざ養子に出してみれば、あちら様の態度が一変したのですから」

善衛門が渋い顔を向けた。

「どのように変わったのだ」

「親兄弟、親戚にいたるまで、今後一切の交流を認めぬと、言われたのでございます」

「うむ、もらったほうとすれば、そうであろうな」

善衛門は当然とばかりに、

「商人の子であれば、武家としての躾を一からする必要があるゆえ、実家で甘えさせてもらっては困るのだ」

などと、堅いことを言う。

「それはよいのでございますが」

弥一郎が言った。

「この弥三郎が周りのお方から酷い目に遭わされていると聞きますと、可哀そうでなりません」

「酷い目とは、どのようなことです」

問う信平に、弥一郎は訴えた。

「弥三郎は増岡様の命で、半年前から関谷道場に通っているのですが、商人の子だということで、酷いいじめに遭っているのでございます。特に、あの三人からは」

弥一郎が弥三郎のそばに寄り、着物の胸元をはだけさせた。

「これを見てやってください」

身体中のあざは、殴る蹴るの暴行を受けた痕だという。

「今では、金を脅し取られる始末で……」

信平は、幼い頃に自分が受けたいじめを思い出し、他人事とは思えない。どうにか助けたいという気持ちが芽生え、弥三郎を見た。

「養父の増岡殿は、このことを知っておられるのか」

首を横に振る弥三郎を見た弥一郎が、信平に言う。

「嘘です。知っていて、見て見ぬふりをしているのです。無役の二百石取りの増岡家にくらべ、相手は三千石の真島家の跡継ぎですから」

信平は善衛門に訊く。

「当主をご存じですか」

善衛門は腕組みを解いた。

「旗本八万騎と申しますからな。さすがのそれがしも、知らぬ名はござる」

胸を張って言うことではあるまいと思ったが、信平は何も言わなかった。

手代が出してくれた茶を一口含んだ善衛門が、うぅむ、と渋い顔をして、口をむにむにやりながら弥一郎に顔を上げた。

「されど、人から金を脅し取るなどと、旗本のくせに情けないことをしおって。親は知っておるのか親は」

憤る善衛門に、弥一郎が言った。

「真島家のご当主は、お人柄も好く、立派なお方なのでございますが、跡取り息子の一之丞ときたら……」

弥一郎が顔を何度も横に振って続ける。

「取り巻きの者が悪いのか、このあたりでは名が知られたごろつきでございまして、道端で若いおなごとすれ違えばちょっかいを出し、夜は夜で、江戸に渡って盛り場で暴れ回り、それはもう、やりたい放題で。運が悪いと申しますか、弥三郎はそのような連中に目をつけられてしまったのです」

半年前に道場に通いはじめて以来、稽古と称して何度も暴行を受け、この三月のあいだで取られた額は百両を超えているという。

「ひゃ、百両じゃと！」

善衛門は目を白黒させた。十五の弥三郎が持てる額ではない。

「その金はどこから出た」

責め口調の善衛門に、母親がおどおどした様子で顔をうつむけた。

「お金で命が助かるのならと思い、つい……」

「たわけ！」

大声に母親がびくりとした。

善衛門が口をむにむにとやる。

「商人はそれだからいかんのだ。金さえあればなんでも解決できると思うておる。真島の倅（せがれ）も悪いが、黙って金を出すほうも悪いぞ」

「怖かったのです」

助けを求める眼差しの母親から訴えられた善衛門は、諭す口調で言う。

「すぐ金を出すから、相手はますますいい気になるのだ」

「では、これから弥三郎は、どうすればよろしいのでしょう」

「そのようなことは知れておる。弥三郎」

「はい」

「そなたは武士になったのであろう。武士ならば武士らしく、やられたらやり返せ」

黙り込む弥三郎に苛立った善衛門は、立ち上がった。

「よいか弥三郎、いじめられて悔しければ、明日からは今日よりもっと剣術の稽古に励んで、己が強うなることじゃ。心身が強うなれば、悪がきどもはそなたを武士と認めて、手を出さぬであろう。わしが言うていることが分かるか」

「……はい」

「うむ。信平殿、それがしはこれから道場に戻って、明日から弥三郎を厳しく鍛えてくれと天甲殿に頼んでおきます。帰りはお一人でも大丈夫ですな」

「はい」

「では……」

まったくけしからんことだ、と言いながら、善衛門が出ていった。

信平は、弥三郎に言う。

「先ほどの三人に見つかるといけない。麿が屋敷まで送っていきましょう」

母親が懇願する面持ちで応じた。

「そうしていただければ助かります。弥三郎、お言葉に甘えなさい」

母親に促されて、弥三郎は重い腰を上げた。

立木屋を出た信平は、暗い顔の弥三郎の案内で町を歩いた。

怯えている弥三郎は、信平が話しかけても上の空で、路地から出てきた侍を見てはびくつき、人違いだと分かると安堵し、苦笑いを浮かべている。

信平も気を抜かず警戒したが、幸い、弥三郎を狙う三人に見つからぬまま、屋敷まで送ることができた。

増岡家の屋敷は、信平の屋敷に近く、表門の前には大川が見えた。

「では、ここで」

弥三郎が言って頭を下げ、自ら潜り門を開けて中に入った。

すっかり萎縮してしまっている弥三郎の姿は、幼き頃の自分を見るようで、信平は気分が沈んだ。

五

翌日、信平は、供をすると言って聞かぬ善衛門を屋敷に居残らせ、一人意気揚々と関谷道場にやってきた。

昨日善衛門は、関谷道場に引き返し、弥三郎の話をつけてくれていた。

事情を知った天甲は、真島一之丞ら三人は破門できぬが、弥三郎を厳しく鍛えると約束したらしい。

その中に自分の名も含まれていることを、信平は知らない。

元公家とは申せ、悪がきどもが信平に目をつけぬとも限らぬので、鍛えてくれるようにと、善衛門が頼んだのである。

だが、善衛門の心配をあざ笑うかのように、真島たち三人が信平の前に立ちはだかった。

信平が、道場の門が見える所まで来た時のことだ。

「おい、そこの公家さん」

後ろから声をかけられ、信平は足を止めて振り向いた。

赤がよい色合いの、洒落(しゃれ)た羽織をぞろりと着た真島たちが、物陰から出てきた。

意地の悪い笑みを浮かべた真ん中の男が歩み寄り、

「お前さん確か、鷹(たか)なんとか信平、殿と申されたな」

言葉は柔和だが、目は笑っていない。

左右の二人も、ねっとりと絡みつくような、気持ち悪い目をしている。

「いかにも鷹司信平ですが、何か」

信平の問いかけを無視して、真ん中の男が言う。

「なるほど、公家とはまこと、雅(みやび)な物を着ておられる。おい、見ろよ、この太刀を」

左の、背が高い男が応じた。

「これはまた、由緒正しげな太刀を下げておられる」

「儀式に使う飾(かざり)太刀(たち)というやつか。中身は入っちゃいねぇんじゃねぇのか」

右のずんぐりした男が小馬鹿にした口調で言い、顔を近づけてきた。

「てめえ、昨日はよくも、おれたちの邪魔をしてくれたな。おかげで遊びそびれちまったじゃねぇか」

するど左の男が身をかがめ、

「痛い目に遭いたくなかったら、邪魔をするな。おれたちの前から消えろ」

声を低くして、凄んで見せる。

信平は動じず、涼しげな面持ちで言う。

「はて、邪魔をした覚えはございませぬが」

「ございませぬが、だとよ」

正面にいる男がおもしろがり、一歩前に出て鼻先が当たる寸前まで顔を近づけた。

「気に入った。ちょっと来てもらおうか」

にたりとして言うなり、信平は左右の者たちに両腕をつかまれ、強引に連れて行かれた。

通りを歩く者たちは、誰もが見て見ぬふりをしている。

両脇をがっちり固められたままの信平は、堀川のほとりの人気(ひとけ)がない通りに出て、さらに歩かされ、長屋のあいだの、薄暗く細い路地を奥に連れ込まれた。

そこには空き地があり、数人の荒くれ者が集(つど)っていた。

信平は、その者たちの前に突き出され、途端に囲まれた。

一人の男が、獲物を見るような目を信平に向けた。やくざ者だろうその男が立ち上がると、六人の子分が従った。

窓ひとつない家の壁に囲まれた空き地は、悪党が好みそうな薄暗さ。

奥には、塀のない小さな家があり、障子が開けられた座敷には、浪人と思(おぼ)しき一人の男がこちらに向いてあぐらをかき、酒を飲んでいる。

信平と目が合うと、酒を飲む手を止めて、鼻先で笑った。

やくざの頭(かしら)が言う。

「若、次はこのがきから金を巻き上げるので？」

一之丞が首を振る。

「そうではない。先ほど弥三郎が言っていたのは、こいつのことだ」

やくざの頭が、信平を見る目つきを鋭くした。

「なるほど、どうりで虫が好かねえ面をしてやがる」

「麿のことか」

信平が飄々(ひょうひょう)と言うと、やくざの頭が馬鹿にして笑った。

「ええ、麿さんでおじゃりますよ」

信平も笑い、

「愚かな奴じゃ」

そう言い返してやると、途端にやくざの頭が怒気を浮かべ、地べたに唾を吐いた。

「余裕じゃねぇか。だが強がってられるのも今のうちだぜ。今に、あのようになるのだからな」

顎で示された先に目を向けると、建物の角の地面に、何かが横たわっていた。初めはそれが、ぼろ布が寄せて捨ててあるかのように見えたが、よく見ると、人だった。

やくざの頭が言う。

「金を持ってこねぇなどと、偉そうなことをぬかしやがるから、痛い目に遭わされるのだ」

子分どもが舌なめずりをして、笑っている。

信平ははっとして、ぼろ布に駆け寄った。顔は血でどす黒く変色しているが、弥三郎だった。鼻に顔を近づけると、微かに息をしている。

肩に触れようとして、躊躇った。昨日まで細かった肩が、着物の上からでも分かるほど腫れている。

「弥三郎殿、弥三郎殿!」

ぴくりとも動かない。

信平は、弥三郎から目を離さず言う。

「医者を呼べ」

すると、近くにいたやくざの子分が耳に手を当てて、近づいてきた。

「ああ？　聞こえねぇな」

「今なら間に合う、医者を呼べ」

「馬鹿かてめえ。今から魚の餌になろうって野郎が、医者に診てもらってどうする」

「いいから、呼べ」

信平は顔をうつむけたまま、ゆっくりと立ち上がった。

その様子に、これまでと違う何かを感じ取ったらしく、子分が顔色を変えて下がった。

「若、こいつやっちまいましょう」

子分が顔を向けて言う男に、信平は懇願した。

「真島一之丞殿、弥三郎殿が死んでしまいます。早く医者を」

一之丞はほくそ笑み、そばにいるやくざの頭に顎で指図した。

懐から刃物を抜いたやくざの頭が信平の前までくると、

「覚悟しろ」

殺気に満ちた目をして言い、切っ先を向けて肩から迫ってきた。

信平の腹をめがけて、刃物が突き出される。

武(ぶ)とは無縁の公家など、あっけなく刺し殺されると誰もが思っていたに違いない。

だが、信平はひらりとかわし、やくざの頭は勢い余ってもんどりうつ。

「野郎！」

刃傷(にんじょう)沙汰に慣れているやくざの頭は、横に逃げた信平を追って、右手ににぎる刃物を鋭く振るう。

信平は、やくざの頭の手首を手の平で受け止めると当時につかみ、ひねった。

軽々と両足が宙に浮いたやくざの頭は、背中から地面にたたきつけられ、腰を浮かして悶絶した。

何がどうなったのか、信平の手には、やくざの頭が持っていた刃物がにぎられている。

子分が目を見張り、

「野郎！」

刃物を抜いて斬(き)りかかったが、空振りした背中を信平に押されて板塀に顔面をぶつけ、鼻を押さえて呻いた。

やり返そうと振り向いた刹那、信平に腹を蹴られて再び板塀にぶつかり、白目をむいて倒れた。

他の子分たちは息を呑み、出ようとしない。

一之丞たち旗本の息子三人は、信平が道場で木刀を振るところを見ているので、その腕の程度は知っている、つもりだ。

一之丞が余裕の態度で言う。

「護身術は身につけているようだが、これならどうだ」

抜刀すると、手下の二人も抜いた。

まずは二人が一之丞から離れ、じりじりと信平に迫った。

「目障りな貧乏公家など、斬って捨てろ」

一之丞が言うなり、手下のうち、背が高いほうが気合をかけて斬りかかってきた。

関谷道場に通うだけあって、太刀筋はよい。だが……。

幹竹割りに斬り下ろされた一刀を、信平は身を引き、鼻先に刃風を感じながら紙一重でかわす。

「おしい。まぐれで逃げられた」

ずんぐりとした男が楽しげに言ったが、背の高い男は油断なく睨み、信平はという
と、落ち着き払った面持ちで、男の目を見ている。

右足を出し、間合いを詰めた背の高い男は、

「やあ!」

気合をかけ、袈裟懸(けさが)けに斬り下げた。

引いてかわした信平は、地を蹴って間合いを詰める。

慌てて斬り上げようとした男は、拳で喉(のど)を突かれ、たまらず刀を落として両手で押さえ、のたうち回った。

ずんぐり男が、血相を変えて怒った。

「貴様あ!」

大声をあげ、頭に血が上るにまかせて斬りかかった。

袈裟懸けに斬り下げるのに対し、信平がひらりと横に舞ったように見えたと思うやいなや、男は後ろ首を手刀で打たれ、顔面から地面に突っ伏した。

一之丞とやくざの子分たちは、一瞬の出来事に息を呑んでいる。

「うう、おのれ」

「く、くそ」

倒された二人が、まだやれるとばかりに立ち上がろうとしたが、髪の毛がぱさりと顔にかかって仰天した。やくざの刃物を持つ信平に、髷を切り取られたのだ。

「うわ」

「ひっ、ひぃ」

髷を切られるのは武士の恥。

二人とも悲鳴をあげ、羽織で頭を隠した。

信平は顔色ひとつ変えず冷静な面持ちで、二人を見下ろしている。

「こ、こいつ化け物だ」

やくざたちは腰が引けてしまい、

「先生！」

子分に助け起こされた頭が叫んだ。

盃を片手に見物をしていた浪人が、濡れ縁下の石にそれをたたきつけて割り、立ち上がって飛び降りた。

大刀を帯に差しながら信平の前に歩み、鋭い目を向けて対峙(たいじ)した。

歳の頃は三十半ばだろうか、頬は病的にこけ、穴が空いたような、光のない目をしている。

信平は、その目を見据えて問う。

「人を斬ったことがあるようですね」

「おう。数え切れぬほどにのう」

「斬ったのは悪人ですか」

「ぬくぬくと暮らす者が言いそうなことだ。甘いぞ小僧。世の中には、斬りたいと思えば女子供でも容赦せぬ者がおる。まあ、今知ったところで、もう遅いがな」

浪人は、黄色く変色した歯を見せて、不気味に笑う。静かに刀を抜くと、左足を前に出し、刀を右に寝かせて腰を低くし、脇構えをとる。

それに対する信平は、左腕を顔の前に上げて構えた。

浪人が言う。

「小僧。腰の物は飾りか」

信平は黙っている。

浪人が鋭い目を向け、じりじりと間合いを詰めてくる。一瞬止まり、目をかっと見開いた。

「むん！」

気合をかけ、信平の胴を狙って刀を真横に一閃する。

信平は下がって切っ先をかわす。

浪人の太刀風は凄まじく、触れずとも斬られるようである。

「てぇい！」

下がる信平を追って袈裟懸けに斬り下げ、返す刀で斬り上げてきたが、信平は早くも太刀筋を見切り、ひらりとかわす。

「おのれ、ちょこまかと」

苛立ちの声をあげた浪人が、間合いを空けて一呼吸する。そして浪人は、己の着物を見て、目を丸くした。胸から腹にかけて、何ヵ所も鋭い刃で切り裂かれていたからだ。

浪人が驚愕の顔を向けた信平は、左手を顔の前に立てて低く構えている。その手の先からは、ぎらりと光る刃が出ていた。

「隠し刀……」

浪人は、気付きもしなかったことに驚いているようだ。

信平が言う。

「もう、麿と弥三郎殿に絡むのはやめにしませぬか」

「黙れ！」

信平の言葉を挑発ととらえたか、浪人は静かに大きく息を吐き、両手でにぎる刀の切っ先を、信平の顎に向けてきた。正眼の構えだ。

「次は斬る」

よほど自信があるのか、正眼の構えをした刹那に、剣気が増した。

「ならば、麿も本気でまいる」

信平の声音が変わった。低く落ち着きのある声で、目は、相手を射貫くほど鋭い。

静かに腰の狐丸を抜くと、右手のみで柄をにぎり、両腕を真横に広げた。

薄暗い場所でも、狐丸の刀身が澄んだ輝きを帯びている。浪人が構える刀にくらべても、その輝きの違いは明らかだ。

「なかなかよい太刀を持っているではないか。小僧には過ぎた物だ。おれがいただく」

薄笑いを浮かべた浪人が、一転して殺気を帯びた面持ちになり、迫る。

「むん!」

気合をかけ、正眼の構えから信平の喉めがけて鋭く突く。

速い!

常人には切っ先の伸びが見えぬ。そして、信平の喉を正確に突いた……。

浪人がにやりとした、が、まるで残像のように、ふっと、切っ先から信平が消える。

目を見開いた浪人は、刀を突き出したまま、ぴくりとも動かない。

その背後で、太刀を鞘に納める音がぱちりとして、信平が小さく息を吐いた。

浪人は、見開いた目を天に向けると、くぐもった呻き声をあげて、足から崩れるように倒れた。

「ひ、ひゃあ！」

やくざたちが、腰を抜かさんばかりによろけながら、一斉に逃げ出した。

一人取り残された真島一之丞が、信平が顔を向けるなり慌てて刀を抜き、

「く、来るな」

震える切っ先を向けて下がり、板塀に逃げ場を失って恐怖に満ちた顔をした。

「ひ、人殺し、来るな」

「案ずるな、気絶しているだけじゃ」

そう言った信平がふたたび狐丸を抜き、切っ先を向ける。すると一之丞は、持っていた刀を右手で投げ捨て、その場に座して両手をついた。

「わ、悪かった、許して、許してください」

信平は真顔で見下ろす。

「二度と、人を傷つけぬと約束できるか」

「する、します」

「破れば、次は命なきものと思え」

「はい、はい」

一之丞は何度も額を地面に打ちつけ、すりむけて血が滲むのもかまわず必死で詫びた。

「皆で弥三郎殿を医者に運べ。死ぬようなことあらば、麿がお前たちを成敗する」

信平が目を向けると、腰を抜かしていた髷を切られた二人が目を見張り、慌てて立ち上がり、浪人がいた家の戸板を外してきた。

一之丞が弥三郎のところに行き、必死に声をかけている。

戸板を持ってきた二人が一之丞をどかせて弥三郎を載せ、医者に運んで行った。

信平は、一之丞に下げ緒をよこすよう言い、気絶している浪人を縛めた。そして、一之丞に問う。

「この深川で悪事を働いた者は、誰が罰を与えるのですか」

「ど、どうか、許してください」

「そなたのことではない。この者は、人を殺めることを喜びとしていますから、放ってはおけませぬ」

「浪人ですから、この町の、名主かと」

「呼んできてもらえますか」

信平が穏やかな面持ちで言うと、一之丞は走っていった。

程なくやってきた名主と町の役人たちは、誰もいない空き地にぽつりと倒れている浪人を捕らえ、一之丞に問う。

「お公家さんの姿が見えませんが、どういうことで」

一之丞はあたりを見回し、首をかしげた。

その頃、信平は、すました顔で町を歩いていた。一之丞が役人を連れてくるのを別の場所から見届けて、家路についたのだ。

六

「して善衛門、その弥三郎とか申す若者は、どうなったのだ」

身を乗り出す将軍家光に、善衛門は笑みを浮かべて言う。

「手当ての甲斐あり、二日後に意識を取り戻したそうにございます。医者が申しますには、運び込んだ二人は、神仏に拝むようにして、寝ずの看病をしたそうです」

「そうか、うむ、そうか」

将軍家光が、楽しげに笑った。そして、襖を背にして座る老中に顔を向ける。

「どうじゃ豊後、余は、おもしろき者を家臣に持ったとは思わぬか」

「さようですな」

阿部豊後守は微笑みを浮かべてうなずき、下座の中央に正座する善衛門に顔を向けた。ここは、江戸城本丸の中奥御殿の一室。将軍が日常生活を送る場所であり、善衛門にとっては、生涯を捧げてきた場所だ。

豊後守が家光に言う。

「されど、信平殿は、運がよかったのやもしれませぬ」

家光は問う面持ちをした。

「何ゆえじゃ」

「本日の朝、評定所で報告をした町奉行によりますと、信平殿が倒した浪人者は、奉行所が手配をかけていた人斬り与左衛門でございました。恐ろしき剣の遣い手で、町方同心では歯が立たぬほどの者。それを信平殿が倒したのはにわかに信じられず、奉行に問いましたところ、めったやたらに振り回した太刀が、たまたま当たったのではないかと申しておりました」

家光は眉をひそめた。

「善衛門、どうなのじゃ」

「はあ……」

「そちは見たのではないのか」

「それがその、礼にまいった弥三郎の兄から聞きました。弥三郎の兄は、弟を運んだ者から話を聞いて、信平殿が助けたことを知ったそうで、どのように戦われたかまでは、知らないようでした」

「なんじゃ。そうであったか」

「申しわけございませぬ」

「まあよい。極悪の人斬りを倒したのは信平じゃ。そうであろう、善衛門」

「はあ……」

「腑に落ちぬようじゃな」

「信平殿は、剣はあまり遣えぬと申されておりましたもので」

「鷹が爪を隠しておるのよ。実に、おもしろき奴じゃ」

家光が嬉しげに言うものだから、善衛門と豊後守は苦笑いをするしかない。

「善衛門」

「はは」

「これからも、我が義弟(おとうと)のことを頼む。こたびのようにおもしろきことがあれば、苦しゅうない、いつでも知らせにまいれ」

「はは！」

「うむ、大儀(たいぎ)であった」

善衛門は平身低頭して、家光の前から下がった。

「お初殿」

信平が呼ぶと、台所仕事をしていたお初は手を止めて振り向き、歩み寄った。

「信平様、どのはいりませぬ。初とお呼びください」

「では、お初」

「はい」

「葉山殿は、まだ戻りませぬか」

「そのお言葉もおやめください」

「いけませぬか」

「ご身分が違うのですから、まだ戻らぬか、でよいのです」

信平は素直にうなずいた。

お初は戸口を見て言う。

「善衛門殿は、お役目を忘れて、いったいどこに行かれたのでしょうね」

「お役目？」

「いえ、お供です、信平様のお供」

「お初」

「はい」

「正直に申すがよい。麿を見張れと、命じられているのであろう」

「そ、そのようなことは……」

「おかしいな。今日はずっと、後ろにいたではないか」

「げッ」

「げ？」

「いえ、げて物が、まじっていたとつい口から出たのです」

お初が慌てた様子で、持っていた小魚を載せた笊をあさり、何かを捨てるふりをした。

「何が入っていたのだ」

歩み寄ろうとした信平を、お初は止めた。

「信平様、殿方が台所に入ってはなりませぬ」

ぴしゃりと言われ、信平は足を止めた。

お初は夕餉の支度に戻った。

忙しそうに働く様子が、まるで今取りかかったように思えた信平は、心配になった。

「お初、そなたは何かと忙しいのであろう。下女を雇うてはどうか」

自分を監視する役目と、家のことをするのは大変だと、信平は本気で思っている。

だがお初は、きっぱりと断った。

「そのようなもの、不要にございます。だいいち信平様、五十石では、これ以上人を雇うのは無理というものです」

信平は苦笑いで頭をかいた。

そこへ、善衛門が戻ってきた。

「ただいま戻りましたぞ」

「善衛門殿、どこへ行っておられたのです」

「まあ、野暮用で」

信平がじっと見ていると、善衛門が訊く顔をした。

「何か」

「上様は、なんとおっしゃった」

善衛門はうろたえ、目を泳がせた。

「だ、誰も、お城に上がったとは申しておりませぬぞ」

「されど、まいられたのでしょう？」

また、じっと見る。

善衛門は口をむにむにとやり、

「行ってはおりませぬぞ」

と、開きなおり、背を向けた。

「ふふ、逃げたな」

お初の小声が聞こえた信平は、眼差しを向けた。

気付いたお初が、引きつった笑みを浮かべる。

「今のは、独り言です。すぐに食事を調えますので、お部屋でお待ちください」

「今日は、ちと酒が飲みたい」

信平が望んだ途端に、お初の笑みが消えた。

「いけませぬ！」

ぴしゃりと言い、忙しそうに裏庭へ出ていってしまった。

その後ろ姿と、猫のように音を立てぬ足の運び方を見た信平は、ふっと、笑みを浮かべた。

第二話　深川の貴公子〈ことはじめ特別編〉

「おいでなさいましたわ」

「ああ、なんてお美しい」

矢絣の着物姿の侍女二人が、裏路地の端から通りを見て、うっとりしている。

その眼差しの先には、すみれ色の小袖と指貫に、純白の狩衣を着けた若者が歩んでいる。

侍女たちから見られていることに気付かない鷹司信平は、今日も関谷道場に通っていた。

かの人斬り与左衛門が町奉行所の罰を受けて斬首されてから、半年が経つ。

あれ以来、評判を聞いた剣客が、信平に勝負を挑みに関谷道場を訪ねてきていたが、まったく相手をしなかったこともあり、近頃はすっかり落ち着いている。

こころない剣客たちが立てた噂が広まり、

「所詮は公家崩れよ。与左衛門に勝ったのはまぐれだ」

「なんでも、与左衛門がつまずいたところに、めくらめっぽうに振り回すお公家さんの刀が当たったらしい」

と、そういうことになっている。

葉山善衛門は憤慨していたが、当の信平が涼しい顔をしているため、今では笑って聞き逃すようになっている。

これにより、腕に覚えのある者たちは足を向けなくなっているが、一向に衰えないのが、女たちからの人気だ。

「深川に渡れば、光源氏さながらの貴公子に会えまする」

とか、

「高貴でお美しい殿方でした」

などと、源氏物語を愛読する女が、たまたま見かけた信平をそのように評価したことで噂が広まり、わざわざ大川を渡ってくる者もいる。

信平が深川八幡宮の門前を横切る今も、正面の船着き場にいた若い娘二人が、振袖で顔を隠しながら、恥ずかしそうな様子で見ている。

信平は、そんな娘たちが付いてきはじめたことなど知るよしもなく、道場へ向かっていく。

その頃、信平の屋敷を一人の老侍が訪ねていた。

腰の刀が重そうな、痩せた老侍は、来訪を告げる声に応じて表に出た善衛門に対し、

「卒爾ながらお訊ね申す。こちらは、鷹司信平殿の御屋敷でござるか」

切羽詰まった様子で言う。

その老侍のくぼんだ目には、決意が浮いている。

善衛門は、警戒する面持ちで返答をする。

「いかにもさようでござるが、どなたか」

「拙者……」

「あいや、待たれよ」

「は？」

止める善衛門に、老侍はきょとんとした。

「縁談のことならば、お帰りくだされ」

老侍は狼狽した。

「もしや鷹司殿には、すでに良縁がお決まりか」

「ならばよいのですが、まったくその気がなく、そなた様の前にも八人のお話があったにもかかわらず、独り身を楽しまれておられる」

老侍は肩を落とした途端に、足の力まで抜けたらしい。

慌てた善衛門が裸足(はだし)で下り、尻餅をついてそのまま仰向けに倒れそうになる老侍を助け起こした。

「これ、しっかりされよ」

老侍は、大きなため息を吐いた。

善衛門が気の毒そうな顔をする。

「お気持ち、お察ししますぞ。このまま帰れば、あるじ殿に叱られるのでござろう。皆、さように申されておられたが、こればかりは、どうにも……」

申しわけない、と言って頭を下げる善衛門に、老侍は泣きそうな顔をした。

「ご家来も、苦労しておいでのご様子」

善衛門は顔を上げた。

「は？」

「まずは、名乗ってもよろしいか。是非とも、お願いしたきことがございます」

善衛門が可否を言う前に、老侍は片膝をついて改まる。

「拙者、二村貞郎と申します。本日は、美しいと評判の鷹司様にお願いがあり、まかり越しました。何とぞ、娘と会うていただきとうござる。ただ一言、妻にすると、言うてやってほしいのです」

善衛門は苦笑いをした。

「二村殿、わしの話を聞いておりましたかな。信平殿は……」

「ご家来！」

「いや、家来では……」

「老いさらばえたそれがしは、これまで娘に、親らしいことを何ひとつしてやれませなんだ。明日にも消えそうな命でございますから、その前に、娘の願いを聞いてやりたいのです。何とぞ、お願い申す」

畳みかける二村は、確かに痩せ細り、助け起こした時には薬草の匂いがした。

だからといって、易々と受けられることではなく、困った善衛門は苦笑いをするしかない。

「わしは子がおらぬが、娘を思う気持ちはお察しします。されど、縁談となると……」

「そうじゃ」

二村は善衛門の言葉を切り、必死の形相で言う。

「今から拙者と来てくださらぬか。口で言うより、その目で娘をご覧くだされば、お取り次ぎを承知してくださるはずじゃ」

「しかし二村殿……」

「さ、まいりましょう」

「二村殿！」

強引に連れて帰ろうとする二村を、善衛門は必死に止めた。

「この話には乗れませぬぞ。それにわしは、信平殿の家来ではない」

すると二村の目つきが一変した。

「人が悪い。客人ならそうと何ゆえ先に言わぬか」

善衛門は口をむにむにとやった。

「客人ではない。わしは信平殿の目付役じゃ」

「目付……」

「さよう。半年前までは上様のおそばで雑用をしておった、葉山善衛門じゃ」

二村が目を見張った。

「う、上様の。これは、ご無礼を」

離れて頭を下げる二村に、善衛門はうなずく。

「正直なところ、わしもそろそろ身を固めたほうがよいと思うておるが、信平殿はまったくその気がない。ゆえに上様が、よい頃合いに縁談をお考えのところじゃ。よって、二村殿の願いは聞けぬ。分かったら、お引き取りを」

表の門を示して促すと、

「あいや、それがしは……」

二村は何か言おうとしたが、丁度その時、門から増岡弥三郎が入ってきた。

「葉山様、信平殿はいらっしゃいますか」

善衛門は、よいところに来たとばかりに弥三郎の相手をした。

「なんじゃ弥三郎、おぬし稽古はどうした。信平殿はとうに行かれたぞ」

「しまった、行き違いになりましたか」

弥三郎がそう言い、慌てて門から出ていった。

その時にはもう、二村の姿は消えていた。

「やれやれ。信平殿の人気も、ここまでくると大迷惑じゃの」

善衛門は疲れた様子で言い、戸口から家に入った。

翌朝、信平はいつものように関谷道場へ向かっていた。

侍女たちが今日も見ているが、信平は相変わらず気付かないで歩んでいる。

目の前に痩せた老侍が現れたのは、もう少しで関谷道場に着く、という場所。

商家の軒先からつと出てきたかと思うと、目の前に立ったのだ。

「鷹司信平殿とお見受けいたします」

「二村殿か」

信平が問うと、二村は目を見張った。

「いかにもさよう。葉山殿からお聞きになられましたか」

信平はうなずいて言う。

「昨日のことなれば、返答は善衛門殿と同じにございます」

信平が横に足を向けて行こうとすると、二村は行く手を塞いだ。

「何とぞ、話だけでも」

「麿はまだ、妻(めと)を娶る気はないのです」

「そこをなんとか。この老いぼれめの頼みを聞いていただきたい。いや、娘のためにも」

「すまぬ。妻は娶らぬ」

信平はきっぱりと断り、会釈をして行こうとしたが、

「お待ちくだされ」

しつこく阻もうとする二村をひらりとかわし、走り去った。

振り向いた二村が、肩を落として船着き場に歩いて行く。

商家の板壁に背中を着けて立っていた信平が、あきらめてくれればよいが、と念じて、道場へ行く。

この時、潜んで見ていたお初は、信平に直談判する二村の焦りようがどうにも怪しく、そして何者か気になり、正体を確かめるべく跡を追いはじめた。

船着き場に待たせていた小舟に乗った二村は前を向いて座り、お初が別の舟で続いたことに気付きもせず、背中を丸めて座っている。

大川を渡り、八丁堀左岸の船着き場で降りた二村は、南八丁堀の町を横切り、番屋付きの立派な門の前で立ち止まった。

「家柄はよいのか」

お初が独りごちて見ていると、二村はよろめき、門前の灯籠にもたれかかった。

善衛門が昨夜言っていたとおり、二村は死病にかかり、娘の晴れ姿を見たいと焦っ

ているに違いない。

そう思うお初は、哀れに感じつつも、

「身勝手な……」

また、独りごちた。

二村は、中に入るのかと思いきや、また、歩きはじめた。そしてその先を右に曲がり、路地に入っていった。

お初が跡をつけてみれば、二村はふたたび右に曲がり、長屋に入っていった。哀愁が浮かぶ背中を見ていると、左右に並ぶ家の前を歩んだ二村は、右端の家の前で立ち止まり、背筋を伸ばして腰高障子(こしだかしょうじ)を開け、

「今帰った」

力強く声をかけて入った。

家族に病を隠しているのか。

首をかしげたお初は、どうにも気になって路地に踏み入り、二村の家の裏手に回った。

長屋の裏庭は枯れ葉がたまり、外障子は閉められていた。

あたりに人がいるが、町娘の身なりをしているお初を疑う様子はない。

誰も目を向けていないことを確かめたお初は、裏庭に入り、障子に影が映らぬよう歩み寄り、中の様子を探った。

そして、二村の声と、力のない女の声を耳にし、二人の会話が途切れるまで息を殺して潜んでいたお初は、そっと、長屋から離れた。

関谷道場から帰っていた信平は、善衛門から、武家の縁談がなんたるかを説かれていた。

「公家もそうでしょうが、武家の結婚は御家と御家の縁結び。二村殿のように、いきなり訪ねてきて娘をもろうてくれ、などというのは、ごく親しい仲の家同士ならともかく、無礼なことです。信平殿にはそのうち、将軍家よりよい縁談がすすめられ……」

善衛門は目を見張った。

「聞いておられますのか信平殿」

外を見ていた信平は、善衛門に顔を向けた。

「まだ先のことであろう」

「いや、旗本の当主になられたのですから、そのような心構えではいけませぬ」

「さようか」

その気がない信平が困っていると、お初が駆け込んできた。

お初はいきなり、信平の手を引く。

「信平様、急ぎ共に来てください」

「いかがした」

「話は道中でいたします。早く」

尋常ならざる様子に、信平は立ち上がった。

善衛門が続こうとしたが、お初が止める。

「急ぎますから、善衛門殿はここにいてください」

若い足に付いて行けぬ善衛門は、表門で見送るしかない。

走るお初に付いていった信平は、船着き場から舟に乗ることに驚いたが、

「早く」

先に乗って焦るお初に従い、舟に乗った。

二村貞郎は、源氏物語に手を伸ばそうとする娘のために、取ってやった。

愛読書を胸に抱いた十六歳の娘は、想像にひたる面持ちで笑みを浮かべ、天井を見つめた。

「父上」

「うむ」

「嘘でも、嬉しゅうございました」

「嘘ではない」

言い張る二村に、娘は微笑んだ。

「父上から鷹司様のご様子を聞いて、わたくしもお目にかかれた気持ちになれました。それだけで……」

娘は目を閉じ、息を吐いた。

「もうしゃべるな。身体に障る」

「今日は、気分がよいのです」

言いつつも、娘の声には力がなくなっていく。

二村は手をつかんだ。

「美智(みち)、美智……」

美智は目を開け、父を見て微笑んだ。

「わたくしは、幸せでございました」

「弱気になるな。腹のでき物など、消えてしまうぞ」

手をしっかりつかむ二村は娘を励ましたが、目を閉じた美智は、次第に息が弱くなっていく。

「目を開けよ、開けてくれ」

声に応じて、美智は薄く目を開けた。

「よいか美智、わしはもう一度大川を渡り、来てくださるよう頼む。だから気をしっかり持て。頼むから、父より先に逝ってはならぬ」

二村が必死に声をかける目の前に、人が座った。そして、美智の手を取った。

顔を上げた二村は、息を吞む。

「鷹司様！」

信平は二村にうなずき、病床の娘に顔を向ける。

「美智殿、鷹司信平じゃ」

声をかけると、娘は目を開けた。

「父上、今、お声が聞こえました」

「おお、そうじゃ美智。喜べ、鷹司様が来てくださった。手をつかんでくださっているのは鷹司様じゃ」

美智は探す目をした。もう、見えないらしい。

「麿はここじゃ」

声をかけると、美智は天井に目を向けて微笑み、

「父上、ありがとう」

そう言うと、眠るように瞳を閉じた。

力が抜けた手をそっと胸に置いた信平は、二村に言う。

「家の者から事情を聞き、勝手なことをいたしました」

二村は首を何度も横に振り、頬を濡らしながら、娘を見て言う。

「ご覧くだされ。長患いをしておりましたが、おかげさまで、安らかで美しい顔をしております。一目お目にかかれたことで、恋い焦がれた光源氏に会うた気持ちになっておるのでしょう」

「光源氏か」

信平は微笑み、美智の傍らに落ちていた源氏物語を手に取り、そっと枕元に添えた。

第三話　るべうす事件

一

鷹司信平が深川の屋敷に住みはじめて、三年の年月が過ぎた。

大川から東の深川あたりは、寛永四年（一六二七年）、三代将軍家光の時代に、深川八幡宮と別当寺の永代寺が建立されて以来、発展を続けている。

とはいえ、昨年の四月に町として認められたばかりで、永代寺周辺は町並みが増えたものの、少し離れれば、まだまだ野原や葦原が目立ち、辺鄙（へんぴ）なところである。

信平が来た時とくらべれば、深川と、北隣にある本所（ほんじょ）は大名家や大身旗本の下屋敷（しもやしき）が増えた。

だが、土地柄がよくなったわけではない。

薄禄の旗本や御家人は前と変わらず、

「公儀からつまはじきにされた」

と、思っているのだ。

それゆえ、公儀の目が届かぬのをよいことに、悪の道に足を踏み入れる武家がいる。

一部の者のけしからぬおこないにより、

「深川は、使えぬ武家の吹き溜まりなのさ」

と、悪評が立つのである。

それはさておき、この辺鄙な地でのんびりと気ままな暮らしをしている信平も、今年で十八になった。

動きやすいからと、今も狩衣と指貫をやめられない。

初夏の季候に合わせて、薄水色の狩衣を着、純白の指貫を穿いている信平は、庭が見える自分の部屋で肘杖(ひじづえ)をして、昼寝を楽しんでいる。

寝息をたてる信平の背後で、静かに襖が開けられていく。

人がそろりと入るが、その手には、昼間の陽光をきらりと反射させる刃物がにぎられている。

しめしめ、今のうちに。

そう言わんばかりに薄ら笑いを浮かべ、ちろりと上唇を舐めるのは善衛門だ。

肘杖をして眠る信平の背後から近づき、刃物を頭に近づける。そおっと、手を伸ばした時、信平がさっと振り向いた。

緊張していた善衛門はそれだけで驚き、

「うお！」

大声をあげて尻餅をついた。手に持っている刃物を見せる。

「と、殿、危のうござるよ！」

「それは麿が申すことじゃ」

信平は、頭が切れていないか手を当ててみた。

善衛門が悔しがる。

「ええい、もう少しであったに」

「その手にはのらぬぞ、善衛門」

この二人、三年のあいだにすっかり打ち解けて、信平は善衛門、善衛門は殿と呼び合うようになっていた。

「殿、登城は明日ですぞ。今日こそは、なんとしても月代を剃っていただきます」

まだ月代を剃っていない信平は、屋敷でくつろぐ時は肩まで伸びた直毛を下ろし、出かける時は、一髻（ひとつもとどり）という平安の時代から伝わる髪型に結い上げ、立烏帽子を被る。

「江戸城への登城はこれでよいではないか。三年前に家光公に拝謁した時も、狩衣に立烏帽子であった」

「なりませぬ」

「なぜじゃ。家綱（いえつな）様は、小うるさいお方なのか」

「殿、そのようなことは口が避けても申してはなりませぬぞ」

「やはり、小うるさい方なのじゃな」

「そうではなくて……」

鼻息を荒くした善衛門は、口をむにむに動かした。

「話の途中で何か食うておるのか、善衛門」

信平はそう言ってからかった。

善衛門は不服そうな顔をしている。

三代将軍家光は、信平が江戸に来た翌年の、慶安四年四月二十日にこの世を去った。

江戸城本丸御殿の黒書院で拝謁した際、下段の間に座って信平に厳しい視線を向けていた堀田加賀守正盛は、家光逝去を受けて殉死している。

将軍職は、家光の長男家綱が継いだのだが、

「上様はまだ十三歳にございます。殿のお召し物にとやかく申されるようなことはありませぬ、ただ……」

「……ただ？」

「ええい、ごめん！」

善衛門が刃物をかざし、強行策に出た。

「やめぬか」

「やめませぬ」

二人がもみ合っていると、

「はいはいはいはい、そこまで！」

お初が手をたたきながら入ってきて、掃除をするから出ていけと言う。

「お二人ともお暇なのですから、お散歩にでも行かれたらどうですか」

善衛門がむきになった顔を向ける。

「今は散歩などしておる場合ではない。殿の月代を整えるのじゃ。おぬしも手伝え」

「ご冗談を、それでなくてもわたくしは忙しいのでございますよ」

白い布で髪を隠しているお初が、ほうきで畳を掃いて二人のあいだに割って入る。

この機を逃すまいと、信平は廊下に出た。

「あっ、逃げた！　殿！　殿ぉ！」

善衛門の叫び声を聞きながら、信平は屋敷の外へ逃げ出した。

関谷場道に行くつもりで歩いていたが、ふと足を止めた。

深川には、小名木川をはじめ多くの堀があるが、また新たに掘削されはじめたらしく、大勢の人足が葦原に集まり、作業をしている。

三年前、この深川に来た頃は、遠くからでも深川八幡宮と永代寺の屋根が見えていたのだが、今では堀川の護岸整備も進み、それに合わせて町家が建ちはじめているので、見えにくくなっている。

人足たちの威勢のよい声を聞きながら、信平は堀川のほとりを歩きはじめた。

善衛門は、この深川を辺鄙な場所だと嘆いているが、多くの町家が集まる日本橋や浅草の地よりは景色がよく、静かなので好きだ。

近頃では深川八幡宮に参拝する人が以前にも増して増えたが、まだまだ通りを歩く人の数は少なく、のどかなものである。

そんな門前通りを歩いていた時だ。後ろから誰かに衝突されて、つんのめりそうになった。振り向く間もなく、男の子が前を走り去っていく。後ろ姿は髪がぼさぼさ。灰色とも茶とも分からぬぼろを着て、素足だ。

「小僧！　待ちやがれ！」

背後で大声がして、鬼の絵柄が下品な小袖の裾を端折った男が走ってきた。

「誰かその小僧を捕まえてくれ。すりだ、すり！」

叫びながら信平を追い越したが、小僧は見えなくなった。

あきらめた中年男が、通りであぐらをかいて座り込み、

「ちきしょう」

と叫んで、地面をたたいた。

(どう見ても、この男のほうが悪人に見える)

信平はそう思いながら、横を通り過ぎようとした。

「おいあんた、待ちな」

呼ばれて顔を向けると、男が息をぜいぜいやりながら、見上げていた。

「麿に用か」

「まろだかまるだか知らねぇが、懐の物は盗られてねぇかい」

「懐の物？」

はて、と、狩衣に手を入れてみる。

「何もないが」

「やっぱり盗られちまったか」

「いや、初めから何も入れておらぬ」

「ああ！」

男が口をあんぐりと空け、笑いだした。

何がおかしいのかと思いつつ見ていると、

「あぁあ、追いかけて損したぜ」

男はそう言いながら立ち上がった。腰には、前にどこかで見たことがある鉄の棒が差してある。

信平が見ていると、男は気付いて抜き、笑って見せた。

「お察しのとおり、おれはこのたび、お上から十手（じって）を預かった者だ。このあたりはまだ江戸の町奉行所支配ではねぇが、いずれはなるってんで、一足先におれに預けられたってわけだ。今のがきは、名うてのすりだ。ほんとうに、何も盗られていないかい」

「ふむ」

「そうかい。何か抜き取ったように見えたんだがなぁ」

小僧が消えた道の角を睨み、

「ほんとに何も盗られてねぇのかい」

しつこく訊く。

「盗られておらぬ」

信平が言うと、男は納得した。

「そうかい。おっと、おれは徳次郎(とくじろう)ってもんだ。これからは町で悪さをする者に目を光らせるから、覚えてくんな。それじゃ」

周囲にぬかりなく視線を向けた徳次郎は、小走りで去った。

「さて、困った」

信平はまた、懐に手を入れた。

「これでは、だんごも食えぬ」

十手持ちにはああ言ったものの、不覚にも、銭を入れた巾着を抜き取られていたのである。たいした額は入っていないので黙っていたのだが、

「それにしても、いつの間に」

抜き取ったのか。

あの少年は後ろからぶつかったはずなのに、どうやって懐に手を入れたのか。

信平は小さなため息をひとつつき、来た道を戻った。

屋敷に向かっていたのだが、ふと気配を感じて、足を止めた。

「見ていたのか」

「逃げたりするから、あのような目に遭うのですよ」

柳の陰からお初が顔を出し、くすりと笑った。

お初ははじめ、目付であることを否定していたが、今は隠さず、こちらが気付けばこうして出てくる。信平が出かけると、必ずと言っていいほど、どこかで見ているのだ。

信平がすました顔で歩を進める。するとさっそく、お初が隣に並んできた。

「お一人で出かけるのはお控えください」

「麿は、人助けをしたのだ」

と、強がる。

「ええ、そうですね」

「その笑みは、馬鹿にしておるな」

「はい」

「………」

信平は立ち止まり、気を取り直して、また歩きだす。

「善衛門はどうしている」

「ふて寝をされています」

「子供じゃな」

「信平様」

「うん？」

「武家の髪型は、お嫌いですか」

「武士にはなりとうてなったのだが、頭を剃るのはどうも、な」

お初は笑った。

「やはり、お公家様ですね」

「公家だから申しているのではない。武士にも、総髪の者は大勢いるではないか」

「それは、まあ」

「何ゆえ急に剃れと申すのか、善衛門の気持ちが分からぬ。家光様が身罷(みまか)られた時も、将軍になられた家綱様に祝辞を申し上げた時も、この狩衣が許されたと申すに」

お初がため息をついた。

「やはり、何も聞かされていないのですね」

つい口から出たとばかりに、お初がはっとして唇に手を当てた。

「うん？　なんのことじゃ」

「いえ、独り言です。気になさらないでください」

「申せ」

「なんでもありませんよ」

「お初、気になるではないか」

腕を引いて止めると、

「あははははぁ」

お初は誤魔化そうとする。

「笑うのはお初らしくもないぞ。教えてくれ」

お初は観念して、信平を人気のない場所に引き込んだ。

二

翌朝——。

「殿、腹が痛いから登城を断るですと！」

善衛門が襖を勢いよく開けて入り、布団をはぎ取った。

「そのような仮病が、この善衛門に通用すると思いなさるな」

「仮病ではない。まことに腹が痛いのだ」

信平が布団を奪い取り、頭から被った。

善衛門が口をむにむにとやる。

「ゆうべは、鰹(かつお)をあれほど食べたではござらぬか」

「食べ過ぎたのであろう」

「なりません。なりませんぞ」

「どうしてそのように連れて行きたがる。今日でのうてもよいであろうに」

「なりません！」

信平がすっくと起き上がり、

「善衛門！」

珍しく大きな声を出し、じっと見つめた。

善衛門がびくりと身を引く。

「な、なんでござる急に」

「麿に、何か申すことがあろう」

途端にたじたじとなった善衛門は、逃げるように背を向け、膳の間に鋭い目を向けた。

膳の間では、お初が涼しげな顔で朝餉（あさげ）の膳を調えている。

「おぉはぁっぅ？」

しゃべったな、と睨む善衛門だが、お初はそっぽを向いて立ち去った。

「さ、善衛門の口から聞かせてもらおう」

信平は立ち上がり、善衛門の前に正座した。

善衛門がにんまりと笑った。

「と、殿、これには事情が」

「縁談のことを隠して登城させるのに、どのような事情があるのだ」

「正直に申せば、素直に登城してくだされたと申されるか」

「それは……」

これまで幾度も、縁談の話を持ち出せば逃げてきた信平だ。善衛門も負けてはいない。

「よろしいか殿、こたびは上様からのお呼び出しにござるぞ」

それゆえ、内緒にして登城させようとした善衛門を責めることはできぬ信平であるが、

「ああ、腹が」

と、知らぬとばかりに、厠に逃げる。

「殿、殿様」

「腹が……」

「殿！」

なんやかんやと理由をつけて抗(あらが)ったのだが、結局、信平は舟に乗せられていた。上様からの命令だと言われては逃げられるはずもなく、川の水面を眺めながら、ため息をついた。

前に座る善衛門は、どこか満足げに表情を明るくして、

「殿、ご覧なされ、今日は富士山がよう見えますぞ」

お城も美しゅうござると言って、景色を楽しんでいる。

舟はやがて大川を渡り、日本橋川から町中に入っていく。

信平は久々に江戸の町中に来たが、そのにぎわいぶりは、やはり深川界隈とはくらべ物にならない。

日本橋は大勢の人が行き交い、岸辺の道も、華やかな振袖を着た娘たちや、小袖を粋に着こなす町男が行き交い、買い物を楽しんでいる様子だ。

楽しそうな町の様子を見て、信平はまた、ため息をつく。

善衛門は縁談の話があると申したが、いったいどのようなことになるのだろうか。

上様からの登城命令とあらば、どこぞの大名家か旗本の姫との縁談をすすめられるに違いないが、今の自分が、嫁を迎えるなど考えられぬ。

何かよい手はないものか考え、信平はある思いに達した。

「断ればよいのだ」

「今なんと？」

善衛門が振り向く。

「いや、なんでもない。独り言じゃ」

信平は今この瞬間に、きっぱりお断りすることを決めた。決めてしまえば、江戸城が近くなっても気が重くはならなかった。

岸に着けた舟から降り、常盤橋を渡って御曲輪内に入った。

江戸城は広い。大手門から御殿がある本丸へ登るだけでも、町を一つ二つ歩き抜くだけの距離がある。

本丸御殿に入った信平は、善衛門と二人で控えの間に入り、そこからは一人で、茶坊主の案内に従って黒書院に向かった。

下段の間に入ると、時を合わせたように、幕府重臣たちが入ってきた。

いまだ五十石取りにすぎぬ信平にとっては、平身低頭すべき相手ばかり。

静かに頭を下げ、皆が座すのを待った。

「信平殿、面を上げられよ」

「はは」

老中、阿部豊後守と松平伊豆守が左右に分かれ、向き合って座している。

「久しぶりであったな」

「はは」

豊後守が明るい表情で言い、伊豆守が厳しい顔を向ける。

まだ公家の身なりをしておるのか。

伊豆守はそう言わんばかりの目顔を上下させたが、興味をなくしたように、顔を正面に座る豊後守に向けた。

豊後守も前を向いた。

縁談を断ることを腹に決めている信平は、緊張するでもなく、老中二人の横顔を見た。

豊後守が顔を向けてきたので、信平は眼差しを下げた。

「それにしても信平殿、よかったのう、めでたいことじゃ」

唐突に言われて、信平は返答に窮した。

縁談の話があるとは聞いているが、まだ決まってもいないこと。豊後守からめでたいと言われるのは腑に落ちぬ。

信平の態度に、豊後守も不思議に思ったか、

「うむ？」

と、何も知らぬのか、という顔をする。

それを見ていた松平伊豆守が、鼻で笑って口を挟んできた。

「鷹司殿、ここへ招かれた理由を聞いておらぬのか」

「縁談のことで話があると、聞いております」

伊豆守は、それみろと言わんばかりの顔を豊後守に向けた。

「話がある、とな」

豊後守が慌てたように訊く。

「善衛門から、どのように聞いておるのだ」

「申し上げたとおり、縁談について話があることのみ、聞いております」

「なるほど」

豊後守が扇子をぱちりと閉じ、

「善衛門は、信平殿がうんと言うてくれぬと、嘆いていたからのう」

伊豆守に向けて言い、二人は、善衛門は仕方のない奴だ、と言わんばかりに苦笑している。

不安になった信平は、いったいどうなっているのか訊こうとしたが、太鼓が打ち鳴らされたため居住まいを正した。

「上様の、おなりである」

上段の間の奥から小姓の声がしたのに応じて、信平は老中たちと共に頭を下げた。

衣擦れの音がして、数人の足音が下段の間の上座へ向かい、続いて、上段の間に人が入る気配があった。

程なく落ち着くと、

「皆の者、面を上げよ」

と、声変わりもせぬ子供の声がした。

顔を上げた信平の正面に、第四代将軍徳川家綱が座っている。

明るい空色の羽織に、銀糸がふんだんに使われた袴を穿いた家綱は、幼さが残る顔の唇を引き締め、穏やかな人柄を表す目で、信平を見ていた。

「上様のご尊顔を拝し、恐悦至極にござりまする」

信平のあいさつに対し、十三歳の将軍は、

「うむ」

と、この一言で応じた。

あとを引き継いだのは、豊後守の上座に座り、信平に対し斜めに身体を向けている男、会津藩主、保科肥後守正之である。

前の将軍家光は、異母弟であるこの保科肥後守を非常に可愛がり、息を引き取る直前には枕元に呼び、

「徳川宗家を頼む」

と、言い残した。

保科肥後守は、恐妻家の二代将軍秀忠が鷹狩りで立ち寄った村の、大工の娘に産ませた子だ。かの戦国の雄、織田信長の姪であるお江の方を恐れるあまり、外に子ができたと言えぬ秀忠が我が子と会うことはなく、肥後守は保科家の子として育てられた。

父と子が初めて面会したのは、お江の方がこの世を去った後。肥後守が十八歳の時である。

兄家光に可愛がられた肥後守は、この後も徳川宗家のために生き、後に会津家訓十五箇条を残し、幕末の第九代藩主はこれを守って薩長軍と戦う。

それはさておき、この肥後守が、同じ庶子の身である信平に温かい目を向けているかどうかは、今の時点では分からぬ。

上座から信平に向ける眼差しは厳しく、かといって、攻撃的でもない。

「鷹司信平殿、これよりは上様にかわり、この肥後が申し渡す」

「はは」

「まずは、松姫との婚礼の儀が無事終わりましたこと、祝着にござる」

かしこまって言う肥後守の言葉に、信平は絶句した。

その表情を見た肥後守が、眉をひそめる。

「信平殿、いかがした」

「寝耳に水でございまする」

信平が正直に言うと、肥後守は驚いた。

「知らぬことと申すか」

「はい」

豊後守が口を挟んだ。

「上様、肥後守様、これにはわけがございまする」

肥後守が厳しい顔を向ける。

「当の本人が知らぬわけとはなんじゃ」

「手違いがござり、信平殿には、その、まだ何も知らされておりませぬ」

「手違い？　手違いとはなんじゃ」

豊後守が膝行し、ごめん、と断り、肥後守の耳に入れた。

肥後守が目を丸くして尻を浮かせたが、合点がいった面持ちとなり、気を取り直して信平に向く。

「まあ、先に聞こうが、今聞こうが、同じことじゃ。のう、信平殿」

「…………」

肥後守は、穏やかに続ける。

「そなたの正室となられた松姫は、紀州藩主、徳川権大納言頼宣殿のご息女じゃ。わけあって本人不在のまま婚礼の儀が執りおこなわれたが、これは、上様の思し召しゆえ、異存はござるまいな」

将軍を目の前にして、反論できるはずもない。

「はは」

信平は平身低頭した。すでに決まったことならば、ありがたく受けるしかないのだ。

満足げに、そして微笑ましくうなずいた肥後守が、将軍家綱に膝を向ける。

「上様、これにて婚礼の儀、あい整いましてござりまする」

幼い家綱は、

「さようか」

と言い、軽くうなずいた。この一言で、信平の運命は定まった。

肥後守がふたたび下座に向き、

「本日はこれまで。一同、大儀であった」

まるで将軍のように言う。

皆が頭を下げる中で、ただ一人、大老の酒井忠勝のみが頭を下げず、信平をじっと見ている。人となりを、観察している目だ。

「肥後、豊後、そして信平、三名の者は残れ」

家綱に呼び止められた。

酒井は、何を思うたのか空咳をひとつすると立ち上がり、退室していった。

肥後守と豊後守が、何ごとだろうか、という顔を見合わせている。

「信平、ちこう」

家綱に言われて、信平は両手を前についた分だけ膝を滑らせて身を寄せる。

「もそっと寄れ」

「はは」

信平は中腰になり、上段の間に手が届く位置まで進むと正座して、頭を下げた。

「信平」

「は」

「亡き父上より、そちたち姉弟のことは聞いておる。本理院（孝子）様とそちには、肩身の狭い思いをさせたと、おっしゃっておられたぞ」

「もったいない、お言葉にござります」

「父上は冷たくされたが、余は、本理院様を母と思うておるのだ」

「今のお言葉を本理院様が聞かれましたら、泣いて喜ばれましょう」

「うむ」

肥後守と豊後守の両名は、目を伏せ気味にして聞いている。

家綱は、優しい面持ちで言う。

「信平」

「はは」

「婚儀のことは、急なことで驚いたであろう」

「まだ動揺しておりまする」

正直な信平に、家綱は、さも嬉しげに笑う。子供の表情が見えたと思ったが、程なく、将軍らしく、凛々しい面持ちとなった。

「そちは父上の義弟であるが、松姫を娶ったことで、より徳川家との縁が濃ゆうなった。よって本日から、松平の姓を許す」

信平は驚いた。松平とは、家康の先祖の姓であり、将軍家は今、血縁になった大名や旗本にのみ名乗ることを許している。

まだ顔も見たこともない姫を妻にしたことで、松平の姓を許された。

信平は、感慨無量で平身低頭した。

「ありがたき、幸せにございまする」

家綱は少し間を空け、口を開いた。

「余は、こたびの婚儀を機に、そちの禄を増やすつもりでいたのだが、できなかった。許せ」

「滅相もございませぬ」

「近いうちに必ず、加増する。それまでしばらく、今のままで辛抱してくれ」

この言葉をしゃべる様子などは、子供とは思えぬ威厳が漂っている。

「上様」

肥後守が頭を下げ、口を挟んできた。

「そのことにつきましては、すでに決まっておりまする」

家綱は、穏やかだった顔に微かな苛立ちを浮かべた。

「あの者が、加増を見合わせるべきと申したのか」

「いかにも。ですから、今ここでは……」

「されど叔父上、信平のことは、父上の遺言ですぞ」

肥後守は、渋い顔を向けた。

「お腹立ちはごもっとも。どうか、今しばらくのご辛抱を」

「止めたのは、あの者か」

肥後守は、家綱にうなずいた。

家綱は落胆し、押し黙った。自分の思いどおりにならぬことが、おもしろくなさそうだ。

公家の出である信平が、神君家康公の十男で、紀州五十五万石の大大名である徳川頼宣と縁を結んだことに、関わりがあるのだろうか。

しかし、この結婚は、他ならぬ将軍家綱の意向だ。

あの者、と言われたのが誰かは想像もつかぬが、信平が加増されると、何か支障があるのだろう。

この場で問うことができるはずもなく、信平は黙っているしかない。

肥後守が信平に顔を向けた。

「信平殿、上様がおっしゃるとおり、いずれ加増されよう。今は、辛抱してくれ」

元より不服などない信平は、両手をついた。

「旗本にしていただいた時から今日まで、不服に思うたことはございませぬ」

肥後守が薄い笑みを浮かべた。

「無欲と聞いているが、まさに」

「まあ、何か手柄を立てるようなことがあれば、加増はできましょうが」

ぼそりとそう言ったのは、豊後守だ。

家綱の顔が、ぱっと晴れる。

「信平」

「はは」

「父上は善衛門なる者から、そちの話を聞くのを楽しみにしておられた」

信平は、いやな予感がした。

「余も、いろいろ聞いてみたいぞ」

「困りました。上様のお耳に入れるようなことは、ございませぬ」

「謙遜するな。そちが深川に住みはじめて三年のあいだに、かの地は静かになったと聞いておる。そうであるな、豊後」

阿部豊後守が頭を下げる。

家綱は、肥後守に言う。

「叔父上、信平の働きに応じた加増であれば、誰も異論はございますまい」

肥後守は微笑み、うなずいた。

それを見た豊後守が、家綱に言う。

「では上様、善衛門には、ことあるごとに登城してお耳に入れるよう、この豊後から伝えておきましょう」

「うむ。そうしてくれ」

「はは」

「信平、五十石では家名が泣く。励め」

思いもしないことに驚いていた信平は、黙って座している。

これには、肥後守が笑った。

「役を拝命したわけでもない者に何をしろというのだ、と言いたそうな顔をしておるな」

「いえ……」

心中を読まれて信平は慌てた。

「そなたは、気負わずこれまでどおりにしておればよいのだ。上様、それでよろしいですな」

家綱は、役も付けてやれぬことに不服そうだったが、後見役の肥後守には逆らわず、信平を下がらせた。

三

黒書院を退出した信平は、一人で本丸御殿の廊下を歩みつつ、肩を落としていた。いきなり妻ができ、市中でのことはいちいち将軍の耳に入る。そう思うと、息が詰まる。

「麿は、今の暮らしのままでよいと申すに」

人に聞こえぬようぼそぼそ言いながら歩いていると、いきなり横の障子が開いたかと思うと、もの凄（すご）い力で中に引っ張り込まれた。

裃を着けた若い侍がそうしたので、何ごとかと思い見ていると、その者は信平から手を放して障子を閉め、片膝をついて頭を下げた。

「ご無礼のだん、平にお許しください」

「何者じゃ」

飄々と問う信平に、若い侍は落ち着いた様子で応じる。

「紀州藩士、中井春房と申します」

そこまで言ったところで婚儀のことを思い出し、言葉を改めた。

「磨に何か……」

「いかがされた」

中井は部屋を歩み、奥の部屋に続く襖を開け、

「あるじが、お目にかかりたいと申しておりまする」

中に入るよう、促した。

信平は応じて、入り口で頭を下げる中井の前を通り、部屋の中に足を踏み入れる。

気配を感じて右を見れば、仁王のような男が、今にも殴りかかりそうな形相で立っていた。

信平は内心驚いたが、すぐに下がり、正座して頭を下げた。

「お初にお目にかかります、鷹司……」

「これだけは申しておく」

あいさつも聞かず、頭の上から大声が降ってきた。

「わしは上様の命に従い、可愛い娘を差し出したのだ。分かるか」

「……」

「返答をいたせ。わしの気持ちが分かるか」

分からぬが、分かると言うしかない空気。

「はい」

「そうか、分かるか」

徳川頼宣は、恰幅（かっぷく）のよい身体を揺すって正面であぐらをかいた。

「信平殿、おぬしには悪いが、松は少々身体が弱くてのう、辺鄙な深川の狭い屋敷での暮らしに耐えうる体力がない。そういうわけで、当人同士がおらぬまま、婚礼の儀をすませたのだ」

「さようでございましたか」

「うむ、そうなのじゃ」

困ったように言う頼宣は、食わせ者である。

「聞けばおぬし、禄高はたったの五十石だそうじゃな」

「はい」

「重ねて訊ねる。名門鷹司家の血を引く者が、辺鄙な深川の狭き屋敷に住み、しかも、僅か五十石で満足していると聞いたが、それはまことか」

「まことにございます」

頼宣が鼻から大きく息を吸い込んで目をつぶり、頬を揺らすほどの怒りをこらえている。

「すまぬがな、信平殿。先ほども申したように、松は身体が弱い。僅か五十石の家になど、暮らさせるわけにはまいらぬ」

「………」

「そこで相談じゃが、おぬしの禄高がせめて五百石、いや、千石となるまで、松を我が紀州藩で預からせてくれぬか」

ようは、貧乏旗本に娘はやらぬ、こう言いたいのである。

夫婦であっても、姫が嫁として屋敷に来ぬとあれば、これまでとなんら変わりはない。

信平は、目の前が明るくなったような気がした。

頼宣が片眉を上げて、いぶかしそうな顔をした。

「なんじゃ、嬉しそうじゃの」

「いえ」

信平は、意識して悲しげな顔をして見せた。

娘をやらぬと言っておいて、相手が嬉しがるのがおもしろくないのか、頼宣は不機

嫌そうな面持ちをし、

「嫁に出したほうとしては、早く迎えに来てもらわねば困るぞ」

などと言い、わけが分からない。

それでも信平は、目の前の仁王を怒らせまいと、両手をついた。

「はは、精進いたしまする」

先ほど、加増は難しいと言われたばかりだ。この婚礼はなかったことになるはず、と、信平は心の中で胸をなで下ろしていた。

「千石じゃ、よいな。それまでは会うこともあいならぬ」

頼宣はそう言いつけて、部屋から立ち去った。

信平は、嵐が去った後のような安堵に包まれ、善衛門が待つ控えの間に戻ると、何を訊かれても生返事で応じて、深川に帰った。

後日、紀州藩から正式な書状が届けられた。

松姫の養生が終わるまで赤坂の藩邸で預かることは、将軍家綱の許しを得たと知らせてきたのだ。

これに怒ったのは、善衛門だ。

無礼千万と叫び、書状を破り捨てようとしてお初に取り上げられ、睨まれている。

信平は、おおらかに笑った。

「よいではないか善衛門。三人で気楽に暮らせるのだ。麿は、今のままでよいと思うている」

「何をおっしゃる。鷹司家の血を引き、徳川と深い縁を結ばれたと申すに、このような仕打ちをされて悔しくないのですか」

「まあ落ち着いて。聞けば、松姫はまだ十五。紀州様が出しとうないのも当然であろう」

「それはそうですが……」

納得しかけて、慌てて善衛門がかぶりを振った。

「それがしが申しているのはそのことだけではのうて、殿にご加増がないのを馬鹿にしているのが許せぬのです。千石取りになれば姫をやるなどと、やらぬと申しているのと同じではござらぬか」

お初が眉間に皺(しわ)を寄せて、善衛門にくってかかる。

「千石は夢の夢と、善衛門殿はそう思っているのですか」

善衛門が、しまった、という顔で口を塞いだ。

「まことのことじゃ」

信平がそう言って空笑いをしていると、

「殿、笑いごとではござらぬぞ」

善衛門が怒った。怒ったかと思えば、

「こうなったら、千石取りになりましょうぞ」

などと、意地になって言う。

そしてその翌日、一人で登城した善衛門は、戻るなり、

「殿、やってやりましょうぞ。千石は夢ではござらぬ」

と、目を輝かせている。

阿部豊後守の顔が浮かんだ信平は、城で何かを吹き込まれたに違いないと察して、いやな予感がした。そこで、お初に夕餉は何か訊いて誤魔化そうとしたが、今のいままでいたはずの姿がない。

「どこに行ったのだ」

「殿、人の話を聞きなされ」

「お初、お初」

「殿！」

どかんと雷のような大声がしたが、信平は涼しい顔をして台所に向かった。

「うふふ」

お初が手を口に当てて笑っている。

「うん？」

「お二人を見ていると、おかしくて」

「そうか」

「信平様は、ほんとに欲がないのですね」

「武士は上を見なければだめだと善衛門は申すが、麿は腹いっぱいご飯を食べて、夜はぐっすり眠れたら、それでよいのじゃ。上を目指せば人を傷つけ、また、傷つけられもするゆえ、性に合わぬ」

幕府内には、公家の血を引く者が出世するのを警戒する者がいる。辺鄙な深川で静かに暮らしていれば、いらぬ争いに巻き込まれることもなかろう。

信平は常々そう考えていた。

紀州の頼宣が松姫をこの屋敷に入れぬわけも、実は、信平を介して朝廷に近づこうとしているのではないか、という、あらぬ疑いの目を向けられることを避けているのではないかと、信平は思う。

それは、二年前に起きた事件に因縁がある。

軍学者、由井正雪（ゆいしょうせつ）が起こした幕府転覆計画のことだ。

将軍家光の時代に多数の大名が減封と改易をされたことにより、日本中に浪人があふれていた。行き場を失った浪人の中には、生きるために盗賊に身を落とす者もおり、地方の城下町や村々では、こうした者たちによる被害が急増していた。

幕府の政道に不満を抱いていた由井正雪は、家光が病で死に、幼い家綱が将軍になると知るや、徳川幕府転覆を狙って行動を開始したのだ。

その計画とは、仲間に江戸を焼き払わせ、混乱に乗じて幕閣を暗殺する。そのあいだに由井正雪が京で行動を起こし、天皇を擁（よう）して徳川討伐の勅命を賜り、皇軍を率いて江戸に攻め入る、という、壮大なものだった。

しかし、この計画は頓挫した。大目付、中根壱岐守正盛の隠密によって事前に察知され、首謀者の由井正雪が自決したからだ。

頼宣が公儀の目を気にして信平との縁を薄くしようとするのは、自決した由井正雪が、紀州の徳川家が計画に関与する証（あかし）となりうる書状を持っていたからである。

その後の調べによって偽物と判明し、頼宣にお咎（とが）めが及ぶことはなかったものの、知恵伊豆の異名をとる老中松平信綱は、これを機に、幕閣に批判的な徳川頼宣に謀反の疑いあり、と言いがかりを付け、押さえ込んだのだ。

以来頼宣は、紀州へのお国入りを禁じられている。

こたびの松姫と信平の縁談は、将軍家綱の配慮に違いはないのだが、覇気に富む頼宣が、五摂家である鷹司家の血を引く信平と縁を深めれば、権力の増幅を警戒する者が出る。

頼宣は、言いがかりを警戒しているのではないか。

信平は、そう考えていた。

禄高千石など、今のままでは難しい。それゆえ信平は、この縁談は、幻のようなものだと思っている。

妻がいると申しても、顔も知らぬのだから、気にすることもなかろう。

なんだか、目の前がちらちらする。

ふと気付くと、お初の大きな目が、自分を見つめていた。

「人の話を聞いているのですか」

手をひらひらと振りながら、呼びかけていた。

「すまぬ、考えごとをしていた」

「姫のことですか」

訊いたのは、追ってきていた善衛門だ。瓶の水を柄杓ですくって飲み、そう決めつけたように、にんまりする。

「ああ！」

お初が声をあげたので、善衛門がびくりとした。

「なんじゃ、大きな声を出して」

「今夜は美味しい揚げ物を作ろうとしていたというのに、油がないのを忘れていました。煮物の火加減を見なくてはいけませぬし、どうしましょう」

「よし、麿が油を求めてまいろう」

「殿、何を馬鹿なことを申される。お立場をお考えください」

善衛門が呆れて言う。

お初が言う。

「わたしが行きますから大丈夫です。善衛門殿、芋が焦げぬように、火加減を見てください」

「わしがか」

「いやなら、善衛門殿が油を買ってきてください」

お初はどうしても、揚げ物を作りたいらしい。

善衛門は仕方なく、火の番を承諾した。

「台所に立ったことがないゆえ焦がすかもしれぬが、油を求めに行くよりはこちらのほうがよい」

「ではお初、共にまいろうか」

信平が言うと、善衛門が口をむにむにとやった。

「どうしてそうなるのですか、お初が一人で行けばよろしい」

「いや、ちと散歩もしたい。善衛門、後はまかせたぞ」

「何を二人して……」

ぶつぶつ小言をいう善衛門を残して、信平とお初は屋敷から出かけた。

四

「助かったぞ、お初」

お初は黙って微笑んだ。

「善衛門の奴、城から戻った日から出世だの加増だのと、うるさくてかなわぬ」

まいっていると正直に言うと、お初がくすりと笑い、

「近頃は、まるで親子のようです」

と言う。

子供同士だったり、親子になってみたり、見ているだけで毎日が楽しいとお初が笑い、小走りで油屋の暖簾(のれん)を潜っていった。

中が混んでいるようなので、信平は表で待つことにして、新しく掘り下げられている運河の普請場を見ていた。

木材を運ぶための堀川ができるのだと、前に善衛門が言っていた。

深川は運河が掘られ、海岸は埋め立てられ、徐々にではあるが、町を広げている。

町年寄たちは大川に橋を架けてくれと公儀に要望しているようだが、江戸城下の防衛上、なかなか認められない。

人足たちが威勢のよい声をあげて杭(くい)を打ち込んでいるのを見ていた信平は、油屋に顔を向けた。

丸の中に高と書かれた藍染の暖簾が風に揺れている。

その暖簾と同じ色の羽織を着た侍が、信平の前を横切っていく。二人並んで話しながら、油屋の前を通り過ぎようとした時、背後から走ってきた少年がぶつかった。

ぶつかられた侍と少年が絡み合うようになったと思うやいなや、少年が手首をつかまれてねじ上げられ、悲鳴をあげた。

「小僧、武士の懐を探るとは、たいした度胸だ」

ねじ上げられた手には、銭袋がにぎられている。

侍はその銭袋を奪い返し、少年を押し飛ばした。軒先の柱に背中をぶつけた少年が、呻いて尻餅をついた。

侍は見くだして歩み寄り、刀を抜いた。

気付いた通行人から悲鳴があがり、たちまち野次馬が取り巻いた。

人の目を気にするでもなく、侍が厳しい顔を向けている。

「薄汚い小僧め、成敗してくれる」

刀を振り上げる侍の下で、少年は観念したように目を閉じた。

「てやあ！」

気合をかけ、袈裟懸けに打ち下ろす。

一刀両断、と、誰もが目を塞いだ。

だが、少年の断末魔はあがらない。鋼と鋼がかち合う音がして、侍の刀が少年の額の上で止められている。

「おのれ、邪魔をするか」

侍は怒ったが、息を呑む。

狩衣姿の信平が何者か気にしたらしく、刀を引いた。

「相手は子供。それに、ここは天下の往来です。銭袋を取られたくらいで刀を抜くのは、いかがなものか」

一歩二歩と後ずさった侍が、手元を見て、己の刀が刃こぼれしているのに気付き、絶句した。

右手に下げる信平の狐丸は、傷ひとつ入っていない。

共にいた侍が刀を抜き、信平に言う。

「悪いのはこの小僧だ。巾着切りを成敗する邪魔をするなら斬る」

威勢のいい侍は、正眼に構えた。

信平は狐丸を右手に下げたまま、その者と対峙した。

立烏帽子を被る信平が、神々しくもある顔で相手を見つめる。その立ち姿には、一分の隙もない。

敵わぬと分かったのか、額に玉の汗を浮かべた侍が、静かに刀を引いた。厳しい顔で信平を睨み、去っていく。

少年を斬ろうとした侍が後を追って走り去り、その場は何ごともなかったように平穏に戻ったが、信平がふと気付くと、少年もいなくなっていた。

油屋から出てきたお初が、狐丸を鞘に納めている信平を見て駆け寄った。

「何があったのです」

「うん、ちと、すりをな」

「すり？」

「侍に斬られそうになったので助けたのだが、どこぞに消えた」

お初はあたりを見回した。

「もうよい、帰ろう」

「そうはいきませんよ、公家の旦那」

背後から声をかけられて振り向くと、見覚えのある顔が近づいた。

「おぬしは確か……」

「徳次郎でござんすよ」

「そうだった」

徳次郎がお初をちらと見て、意識したように胸を張った。

「公家の旦那、梅吉は小僧だが立派なすりです。盗っ人を逃がしちゃいけませんや」

「へい、この目でしっかりと」

「ふむ、しかし、斬られるほどのことでもあるまい」

「そりゃ確かにそうですがね」

徳次郎が粘り付くような目を向ける。

「ちと見ていただきたい物がありますんで、番屋まで一緒に来てもらいますぜ」

「無礼者！」

お初が前に出て、懐剣に手をかける。

「このお方は」

「お初、よせ」

「しかし……」

「よい、番屋とやらに興味がある。一度中を見てみたいと思うていたのじゃ」

さ、案内いたせ、と言って、信平は歩きだした。

「番屋を見てくれと言ったんじゃねえんだが……」

苦笑いの徳次郎に、お初が歩み寄る。

「お覚悟はよろしいですね」

凛として言うお初に、徳次郎は不安げな色を浮かべ、小走りで信平のそばに行った。

「まったく」

お初は苛立ちの声をあげ、信平を追った。

「ほぉう、案外粗末なのだな」

信平は正直な気持ちを言葉にして、番屋の中を見回した。

狭い土間の向こうには六畳ほどの部屋があり、その奥にも板の間がある。

中には、名主に雇われた番人が二人ほど詰めていて、断りなく入ってきた狩衣姿の信平に、目をひんむいた。

「徳次郎さん、今日はまた、どうしなすったんで?」

すると徳次郎が、

「このお方がな、梅吉を逃がしちまったのよ」

悔しげに言うと、番人たちが顔を見合わせた。

「茶をお出ししな」

「へい」

一人が茶を淹れに、もう一人は文机に向かって、仕事に戻った。

信平は、徳次郎が示す板の間の上がり框に腰かけた。お初は戸口で控えている。

「麿に何を見せたいのだ」

「へい……」

徳次郎は、物入れの引き出しから何かを取り出した。

「これです」

藤色の巾着だ。

「あなた様の銭袋ではないですか」

「確かに、麿のじゃ」

徳次郎は、ため息とも安堵とも分からぬ息を吐いた。

「やっぱりあの時、梅吉の奴にすられていたんじゃないですか」

信平は言葉に詰まった。

「公家の旦那」

「うん？」

「人が好いのはいいことですがね、こちとら町の者の暮らしを守ることに命を賭けているんです。子供だからとかばい立てされたんじゃ、また盗まれる者が出るんですよ。今日のおまんまが食えなくなっちまった者もいるんですから」

「すまぬ」

信平は渡された巾着を見つめた。中身は入っていない。

「これが麿の物だと、よう分かったな」

「お召し物の柄と同じ物が入って(へえ)おりましたもので。御家紋ですかね」

「ふむ」

「そうですかい。どちら様の家紋で？」

「鷹司じゃ。これは、鷹司牡丹と申す」

「そうですかい。さすがはお公家様。雅な御家紋でございますね」

徳次郎は驚かず、美しさに感心している。

ここは京の都ではなく、徳川将軍家お膝元。徳次郎はそもそも、鷹司の家格を知らないのだ。

気付かぬことにお初は不服そうだったが、信平は気にもしなかった。

そんなことよりも、

「これを、いずこで拾ったのじゃ」

信平はそれが気になった。

徳次郎が手をさっと右に示す。

「そこの、深川八幡さんの境内ですよ。見つけた参拝客が、きっと身分がおありの方の物だからと言って、届けてくれたんで。今更ですが、失礼があったらいけねえので、教えてくださいまし。公家の旦那が、どうしてまた、このあたりにいらっしゃるので？」

「麿は近くに暮らす旗本じゃ」

徳次郎が口をあんぐりと開けた。

「ええ！　お武家様？」

狩衣姿を改めて見た徳次郎が、不思議そうに首をかしげた。

「てっきりお公家様と思ってやした。まろ、だなんて雅なお言葉を使われているし」

「まあ、麿のことはどうでもよいではないか。それより、梅吉のことを聞かせてくれぬか。あのような子供が、何ゆえ盗みを働く。親はおらぬのか」

「あいつの親は、二人とも死んじまってます」

「流行病(はやりやまい)か」

「ええ、疱瘡(ほうそう)だと聞いています」

「それは、気の毒な。お初、立っていないで、これへ」

「はい」

応じたお初が、油の壺を三和土に置いて、信平の横に腰かけた。

紫の矢絣模様は腰元の着物だが、それが、お初を大人びて見せる。

「いい」

と、徳次郎が鼻の下を伸ばしたので、お初がきっと睨み上げた。

信平は気にせず訊く。

「それで徳次郎、親を亡くした梅吉はどうなったのだ」

「………」

徳次郎はまだ、お初に見とれている。

「徳次郎」

「へい、今なんと?」

「梅吉は、親を亡くして辛い思いをしたのか」

「そりゃもう。一度は親戚が預かったんですが、どうにもひねくれちまって、家を飛び出したんです。そこの女房に辛く当たられて、逃げ出したっていう噂もありますがね」

「では、今は一人で暮らしているのか」

「親が生きている時は、この町で親子三人幸せに暮らしていたんですが、今はどこで寝泊まりしているんだか」

ため息まじりに言う徳次郎が、やけに寂しそうに見えた。

「そなたは、あの子が心配なのだな」

「正直に言いますと、父親とは飲み友達でして。若い頃は、吉原で豪遊とまではいかねえが、よく遊んだもんですよ。それほど、羽振りも良かったんです。梅吉の奴も、昔は素直で可愛い子でした。それが今じゃ、あんなふうになっちまって」

「食うために、盗みをするようになったか」

「早いところとっ捕まえて、こころを入れ替えさせてやろうと思ってるんですがね。あいつのすばしっこさときたら、天下一品でして、へへ」

自慢げに言う。

「確かに、そうであるな」

信平は懐に巾着を入れ、改めてその位置を確かめた。

「なるほど、この狩衣に入れた巾着を抜き取るとは、たいしたものだ」

「感心しないでくださいよ。自慢できることじゃありやせん」

すると、お初が口を挟んだ。

「こころを入れ替えさせると言われますが、いかようにするつもりなのです」

梅吉のことが気になったのだろう。お初は怒れば恐ろしいが、心根は優しいのである。

徳次郎は指で鼻を弾いて言う。

「五味の旦那に申し上げて、あっしの下で面倒をみようかと」

「ごみ？」

信平の言葉に、徳次郎は笑った。

「捨てるごみじゃなくて、み、の音を下げるんです。五味」

「その五味とやらに申せば、許してもらえるのか」

「五味の旦那は奉行所の同心ですから、無罪放免を決める権限はありませんでしょうがね、優しいお人ですから、事情によっちゃあ、お奉行様に話を通して、なんとかしてくださるんですよ」

「では、町奉行もなかなかの御仁であるのだな」

「ええ。北町奉行の石谷様ですよ。あのお方は、町人の安寧を守るために、荒くれ浪人たちの仕官や職の斡旋までされているという、仏様みたいなお人です」

お初が言う。

「ですが、この深川はまだ、町方の支配ではないはず。いかに奉行が優れたお人でも、頼れないのでは」

「おっしゃるとおり。ですから、名主がへそを曲げないように、梅吉をとっ捕まえたら大川を渡って、八丁堀へ連れて行くつもりです」

番人たちは心得ているのか、何も聞かぬふりをしている。

信平は徳次郎に言う。

「うまくいくとよいな」

「へい。それはいいとして、心配なのは、梅吉がお武家に手を出すことです。この深川にいるお武家は、たちが悪いのが多（おお）ございますから、鷹司様がお助けくださらなかったら、今頃は息をしておりやせん」

「では、次に梅吉を見かけた時は、捕まえてやろう」

「え、ほんとうですかい」

「うむ。どのようにしてこの巾着を盗んだのか、訊いてみたくもある」

信平はそう言って微笑むと、お初と番屋を後にした。

五

「この、たわけが！」

あるじに蹴り倒された侍が、庭に額を擦り付けて詫びた。

あるじは閻魔のごとく目を見開き、歯をむき出しにして怒っている。

「いつ気付いたのだ」

「つい先ほどにござります」

「あれが世に出たら、どうなるか分かっておろう！」

「申しわけございませぬ」

「あやまっている暇があるなら、どこで落としたか思い出せ！」

隣で片膝をつく侍が口を挟んだ。

「おそれながら、落としたのではないものかと」

あるじがじろりと目を向ける。

「どういうことだ」

「加藤めは先ほど、屋敷に戻る途中ですりに遭うております」

「すりじゃと。加藤！　まことか！」

頭を下げている加藤が、恐る恐る顔を上げた。

「財布はその場で取り戻しましたゆえ、まさか中身が抜かれていようなどとは思いもせず」

「そのすりをなぜ捕らえなかった」

「斬り捨てようとしたのですが思わぬ邪魔が入り、逃げられてしまいました」

「仲間がいるのか」

「いえ、公家ではないかと」

「なに、公家じゃと。どうするのだ、この始末をどうつける加藤」

「すりの顔をはっきり覚えておりますから、必ず取り戻します」

懸命に言う加藤に冷ややかな眼差しを向けていた中年男の商人が、あるじに言う。

「佐野様、あれは御禁制の品。抜け荷がばれましたら、我らはしまいですぞ」

「鶴屋、そのようなことは言われなくとも分かっておる。加藤」

「はは」

「例の物は捨て置け、すりを見つけ次第殺すのだ。よいな」

「はは」

加藤はすぐさま出かけていった。

鶴屋と呼ばれた商人は、心配そうな顔で言う。

「まことに、見つかりましょうか。人を増やされたほうがよろしいのでは」

すると佐野が、余裕の顔を向ける。

「案ずるな。深川はまだまだ町が小さい。明日の朝までには見つかる」

佐野はそう言うと、盃の酒を飲み干した。

この日、信平は、お初がこしらえたねぎの味噌汁とあじの干物焼きで朝餉をすませ、深川八幡宮門前町の関谷道場へ向かっていた。

堀川に架かる橋を渡っていると、川岸に人だかりができていた。

「はて、何かな」

信平は好奇心にかられて、橋の南詰めを右に曲がり、人だかりの後ろに並んだ。

あたりには、何やら香の匂いが漂っている。

人の肩越しに見ると、柳の木の下に、子供たちが輪を作ってしゃがんでいる。上は十歳、下は四、五歳といったところか。

その子供たちは、何かを取り囲んで泣いている。線香の煙は、子供たちの頭上に流れていた。

この異様な光景に町の人が集まり、可哀そうだとか、仕方がないなどと口々に言い、見守っているのだ。

「どけ、どいてくれ」

「ほら、道を空けろ」

通りの向こうから声がして、町の役人が現れた。

その中には、徳次郎の姿もある。

役人が人垣をこじ開けるようにして中に入り、子供たちの首根っこをひっつかんで後ろに下がらせた。

人の頭でよく見えぬ信平は、徳次郎の顔を目で追った。中に入り、下を向いた徳次郎が息を吞み、悔しそうな顔で何か言っている。

「すまぬ、通しておくれ」

信平は目の前の男と女のあいだに割って入り、人垣をかき分けて前に出た。

泣きじゃくる子供たちの後ろからのぞき込むと、見覚えのある男子が、仰向けに倒れていた。白い顔は生気がなく、半開きの眼は空を見つめているが、輝きを失っている。

「梅吉……」

徳次郎が唸るように言うと立ち上がり、

「番屋に運べ」

震える声で番人たちに命じた。

運ぶ支度をする番人たちを見ていた徳次郎は、子供たちに向き、そばに立っている信平に気付いた。

悲しげな顔で頭を下げた徳次郎は、信平が声をかける前に、子供たちに顔を向け、幼い子供の頭にそっと手を載せて問う。

「お前たち、梅吉とはどういう仲だい」

すると、子供たちは皆、必死に訴えた。

「梅吉兄ちゃんは、あたいたちにお金をくれていたんだよ」

五歳ほどの女の子が言うと、

「おいらたちに、ご飯を食べさせてくれた」

梅吉と歳が変わらぬほどの男の子が言う。

徳次郎は、泣く男児の頭をなでてやりながら、

「そうかい、そうだったのかい。寂しくなっちまうなぁ」

自分も涙ぐみ、目に袖を当てて拭った。

「どうやら、身寄りのない子供たちの面倒をみていたようだなぁ」

そう言いながら歩んできたのは、縞の小袖に墨染め羽織を着けた若い侍だ。手には十手を持っている。

「これは、五味の旦那」

徳次郎が頭を下げた。

「どうしてお渡りに？」

「御奉行の名代で、八幡様に手を合わせに来たのだ。町の者が騒いでいるからどうしたのかと思えば、こんなことだ」

五味は、筵を掛けられたばかりの梅吉に歩み寄るとしゃがみ、めくって検めた。途端に、顔をしかめる。

「徳次郎」

「へい」

「梅吉と呼んでいるのが聞こえたが、お前が言っていた子か」

「そうです」

「背中をばっさりやられているな。それだけじゃなく、心の臓にとどめまで刺してやがる。酷いことをする」

五味は悔しげに言い、筵を被せて手を合わせた。そして徳次郎に向いて立ち、

「相手は侍だ。浪人か、どこぞの武家か」

そう言った時、信平に気付いて、

「公家……、のわけないか」

珍しい物を見るような顔をした。

今朝の信平は、白地に銀糸で鷹司牡丹の刺繍が施された狩衣を着ている。

五味はあいさつ程度に頭を下げ、徳次郎に言う。

「名主は」

「まだ来ません」

「仕方ない。大川を渡ってきたのも何かの業だ。今からは北町奉行所同心ではなく、一人の人間として手伝ってやる」

「そいつはありがたい。助かります」

「よし、番屋に戻るぞ」

「へい」

梅吉の亡骸（なきがら）を運んで引き上げる一行。

信平も後に続き、番屋に向かった。

中に入ると、先に入っていた徳次郎が振り向き、目を見張った。

「ちょ、ちょっと公家の旦那、入（へえ）らねえでくださいよ」

慌てる徳次郎に、信平は訊いた。

「下手人が武家ならば、町方は手を引くのか」

「そりゃ、そういう決まりですから」

「捜しもせぬのか」

「したくても、できねぇんです」

「ならば、麿が捜そう。下手人に心当たりがあるなら教えてくれ」

徳次郎がきょとんとした。

そこへ、五味が出てきて、

「お公家さま。まだ武家と決まったわけじゃないですよ」

先ほどとは違う、穏やかな顔で言う。

眉が薄く、姫のように口が小さくて鼻が丸い。頬が丸く張り出したこの顔を、どこかで見たことがある。

おかめ。

信平は、そっくりだと思った。

男にしておくのは惜しいほど、縁起のよさそうな顔をしている。

信平がまじまじと顔を見ていると、五味は微笑んだ。

「お気持ちはありがたいですが、大丈夫、まかせてください。名主を手伝って下手人を捜し出し、相手が武家だった時は、しかるべきお方にお伝えして罰していただきますから」

のんびりとした口調だが、目は怒っている。

「そうであるか。しかし、気になるのだ」

信平が言うと、徳次郎が言う。

「ひょっとして、昨日のことですかい」

「うむ」

五味が徳次郎に顔を向けた。

「昨日何かあったのか」

「へい」

徳次郎は、信平が梅吉を助けた時のことを教えた。そして、信平がすられたことも。

するとと五味が、信平が腰に下げる狐丸を見て、次に目を見てきた。のんびりとした目をしているが、やはり、奥に潜む輝きは厳しい。

「相手はどんな侍でしたか」

「藍染の羽織を着た二人組で、武家のご家来衆といった風体(ふうてい)であった」

「深川には、大名の下屋敷もあるからなぁ」

五味は、帯に差している十手の柄に手を載せて、それだけでは分からないなぁ、と、悔しそうに言う。

三人が話しているところへ、番人が腰を低くして来ると、恐縮して言う。

「五味様、ちょっと見ていただきたい物がありますんで」

「なんだ」

「へい、中へ」

番屋に入る五味と徳次郎。

その後ろについて、信平も入った。

「だから……」

徳次郎が止めると、五味が戻ってきた。

「いいじゃないか。おれも本来は、深川のことには手を出せないのだから、同じだろう。入ってもらえ」

「しかし、旦那はご立派な同心ですから助かりますが、刃傷沙汰にご縁のなさそうな殿様は、ちょっと」

「いいから、いいから」

五味は軽い口調で言い、信平の名を聞こうともせず入れた。

梅吉の亡骸は地べたに置かれた戸板に寝かされて、筵を被せてある。このまま引き取り手がなければ、葬式は徳次郎が出すと言った。

ずっと梅吉のことを気にしていたが、何もできなかったことを悔いているようだ。

何かを取りに行っていた番人が、五味のところに戻ってきた。

「これを、ゆうべ投げ込んだ者がいたんですが」

布に包んだ物を五味に差し出し、開いて見せた。

小指の先ほどの、紅(あか)い石のような物が一粒出てきた。

「なんだ、これは」

五味が手に取り、不思議そうな顔で眺めている。

「石のようだが、瑪瑙でもないな。投げ込んだ奴を見たか」

「後ろ姿しか見ておりませんが、今思えば、この梅吉だったたような気がします」

五味は険しい顔をして、物言わぬ梅吉を見下ろした。

「梅吉だったとすれば、いったい、何を伝えたかったんだろうな」

「梅吉は、その紅い粒が何であるのか知っていたようであるな」

信平が言うと、五味が粒を見た。

「徳次郎」

「へい」

「梅吉の死んだ親は、何をして食ってたんだ」

「簪職人です。腕がよくて、大奥献上の品も作っておりやした」

五味が驚いた。

「それは凄いな」

「流行病になんぞかからなければ、もっともっといい仕事をしていたんでしょうがね」

「その父親が使っていた物だから、梅吉はこいつを知っていたのだろうか」

「ということは、簪に使う珊瑚でしょうか」

五味が粒をつまんで、じっくり確かめた。

「珊瑚のようには見えないな」

徳次郎が考え、手をぱんと打ち鳴らした。

「そうだ。かかあなら、知ってるかもしれやせんぜ」

「おおそうだ。おまちなら分かるかもな」

「ちょいと行って、見せてきやす」

徳次郎は紅い粒と布を受け取って、番屋から走り出た。

五味は待つあいだ、信平が訊いてもいないのに徳次郎のことを教えた。

それによると、徳次郎の女房おまちは、吉原にある遊女屋の娘だが、今はこの永代寺門前仲町で富屋（とみや）という旅籠（はたご）を営んでいる。

連日参拝客で繁盛しているらしく、徳次郎がお上の手先となって働けるのも、おまちが金の心配をさせないからだ。

そんな徳次郎は、吉原で生まれ育ったおまちなら、紅い粒の正体が分かると思ったのである。

「お公家さん、まあ、奥にお入りなさい」

五味に誘われて、信平は奥の座敷に腰かけた。

すると、五味が居住まいを正した。

「改めまして、北町奉行所同心の五味正三です。お公家さんのお名前は」

信平は、他の者に聞こえぬように、小さな声で言った。

「申し遅れました。この近くに住まう、鷹司松平信平と申します」

相手が武士なので、信平は正式に許された松平の姓を名乗った。すると五味は、飛び上がるようにして離れた。

「あなた様は、いったいどのようなご身分のお方で？」

「しぃ。声が大きい」

「あ、これは失礼」

信平は、周りに人がいないのを確かめて、口を開いた。

「五十石の旗本だ」

「ええ？」

五味がおかめ顔を歪める。

「まさかぁ。嘘はいけませんぞ嘘は。松平の姓を許されたということは、将軍家にご縁があるということでしょう。五十石だなんて、そんな……。ほんとうに？」

「まことじゃ」

「それがどうして、お公家の格好をされているのです」

「まあ、いろいろと」

「いろいろ、とは？」

「ふむ」

嘘もつき通せぬと思い、信平は正直に言った。三年前に京から江戸にくだったこと。先日江戸城で起きた婚礼のことなども話して聞かせた。

「と申しても、我が妻を一度も見たことがないのだが」

「ははあ」

言い終えた頃には、五味は土間に下りて平身低頭していた。

「そのようなお方とは露ほども知らず、これまでのご無礼のだん、平にお許しください」

「よせ、麿は五十石の旗本。なんの力も持ってはおらぬのだ」

「しかし、本理院様弟君に違いはなく、そのようなお方が、この不浄役人と接するなどあり得ぬこと」

信平は困った。

「五味殿、麿はただの旗本ゆえ、その手を上げてください」

「はは、では」

まるで命令に応じるように面を上げる姿を見て、ほんとうのことを言うんじゃなかったと、信平は後悔した。

「五味殿、ひとつ頼みがあります」

「はは、なんなりと」

「このことは誰にも明かさず、五十石の旗本として接していただきたい」

「秘密、ですか」

信平はうなずいた。

「さあ、立って」

「はいはい」

五味は素直に立ち上がった。

丁度そこへ、徳次郎が戻ってきた。

五味が緊張した面持ちで信平の前に立っているのを見て、

「旦那、そんなところへ突っ立って、どうされたんです」

不思議そうな顔で言う。

五味は、とぼけたおかめ顔を向けた。

「なんでもない。それよりどうだった」

「分かりました。梅吉の奴、とんでもねぇお手柄かもしれやせんぜ」

「お手柄？　いったいあの粒はなんなのだ」

徳次郎が布を開いて、例の紅い粒を出して見せた。

「こいつは、るべうす（ルビー）、といいましてね、とんでもねぇお宝だそうで」

五味は粒を見た。

「るべうすとはなんだ」

「南蛮渡来の石で、キリシタンの十字架の飾りに使われていたとか。他にも、大奥御献上の特別な簪にも使われることがあるそうで、これだけでも五十両はするそうです」

五味が目を丸くした。

「この小さい粒が五十両！」

「へい」

「さすがはおまち。よく知っているな」

「おそれいります」

五味はふたたび粒を見た。

「南蛮渡来となると、こいつは抜け荷の品、ということか」

「下手人は、これを取り戻そうとして梅吉を襲ったんじゃないでしょうか」

「あるいは、口封じに殺したか」

信平が口を挟むと、五味と徳次郎は顔を見合わせた。

信平が続ける。

「るべうすを番屋に届けたことを相手が知ったのかもしれぬ。梅吉が物言わねば、いくらでも白を切れる」

「なるほど」

感心する五味に、徳次郎が悔しそうに言う。

「旦那、このままじゃ、梅吉の奴が成仏できません」

五味はうなずき、信平に顔を向けた。

「松……いや、信平殿、昨日のことを、詳しく聞かせてください」

「徳次郎親分が言うたとおりです。麿は助けただけですから、どこのご家来衆かまでは分から……、いや、そうか」

「信平殿、どうされました」

「刀だ」

「刀？」

「止めた時に、相手の刀が刃こぼれをしていました」

「だとしたら、直しに出していますな。どのあたりに刃こぼれがあったか、覚えてます？」

信平は狐丸を抜き、五味と徳次郎の前に刀身を出し、

「このあたりだったと」

白刃の中ほどを指で示す。

五味はうなずいた。

「徳次郎、研ぎ師と刀剣商を当たれ」

「がってんだ」

徳次郎は番屋から飛び出した。

六

五日が過ぎた。

「殿、昨日はどちらにお出かけされたのです」

朝餉の膳についた時、善衛門が訊いてきた。

「道場じゃ」

味噌汁の椀を取りながら善衛門を見ると、探るような目をしていた。

「いかがした」

信平は涼しげな顔で問い、味噌汁を口にする。

善衛門は顔を突き出した。

「妙ですな。殿が行かれたはずの道場より、文が届きましたぞ」

信平は、一口すすっていた味噌汁を吹き出しそうになるのをこらえて、

「さようか」

つとめて静かに言った。

善衛門は、片方の眉を上げて目を伏せ、正直に申すなら今のうちだと言わんばかりの顔をして、箸で魚の干物をつついている。

下座にいるお初は、上目遣いに二人を見くらべて様子をうかがいつつ、ご飯を口に運んでいる。

気まずい静けさが、膳の間に漂った。

信平は善衛門を見ず、箸で菜物を取りながら訊く。

「その文には、なんと書かれていたのじゃ」

「近頃とんと顔を見せぬが具合でも悪いのか、と、天甲殿が心配しております」

「さようか」

「殿」

「うん?」

「道場へ行くと申されておきながら、いったい何をされているのです。嘘をつかねばできぬようなことをなされているのですか」

「知っておろうに」

「今なんと仰せです」

「いや、独り言じゃ」

信平はお初を見た。ずっと監視しているくせに、善衛門に話していないのだろうか。

お初はちらと目を合わせると、また下を向き、黙々と食べている。自分で言え、という面持ちで。

「殿、あなた様は今や、徳川の縁者になられたのですから、天下万民の模範にならぬようなことをされてはなりませぬぞ」

「分かっておる、なればこそじゃ」

「と、申されますと？」

「今、抜け荷に関わる事件を調べている」

「なんと！」

善衛門の表情が明るくなったが、すぐに険しい顔をする。

「殿、世のために働くのはよいことです。されど、危ないことをされてはなりませぬぞ」

「調べると申しても、動いているのは役人たちじゃ。麿は話を聞いているのみゆえ、心配はいらぬ」

「さようで」

安堵した善衛門が、お茶を飲んで旨（うま）いと言った。信平が隠さず教えたことで、気が晴れたのだろう。

「ごめんなすって！」

表の戸口で声がしたのはその時だ。

お初が返事をして行き、程なく戻ってきた。

「信平様、徳次郎親分が、町方同心とおみえです」

「ああ、五味殿だな。丁度よかった。善衛門も話を聞くがよい」

信平は自ら迎えに行き、二人を自分の部屋に上げた。

廊下を歩いていた五味が、お初が膳を下げるのを見て、

「これはすまぬ、飯時であられたか」

と言う。

徳次郎がお初の背中を見送り、五味を見てにんまりとした。何か言おうとしたが、善衛門に睨まれていることに気付き、首を引っ込める。

信平は二人を座らせ、善衛門のことを紹介した。

「麿の目付じゃ」

善衛門は否定せず、

「葉山じゃ」

と、胸を張る。

信平はさっそく問う。

「今朝は、どうしたのです」

五味が神妙な顔で肩を落とした。

「やはり、相手が悪うござった」

「と、言うと」

「徳次郎、ご説明申し上げろ」

「へい」

　厳しい顔つきとなった徳次郎が言う。

「研ぎ師から知らせがありましたもので見に行きましたところ、信平様がおっしゃる傷がある刀が研ぎに出されていました。頼んだのは加藤という、佐野綱久様のご家来です」

　徳次郎が言うには、佐野家は五年前に、幕府より深川に屋敷替えを命じられた五百石の旗本だという。

　当主綱久は、この辺鄙な深川から抜け出すために、幕閣に賄賂を贈っているという噂がある。さらに探りを入れたところ、東湊町の廻船問屋、鶴屋長五郎が、屋敷に出入りしていることが判明した。

　五味が言う。

「その鶴屋長五郎は、よい噂がないのですよ。抜け荷の疑いがあり、南町奉行所の連中が密かに調べているそうです」

　五味が懐から布を出し、開いて見せた。紅い粒が、白い布の上で美しく映える。

「このるべうすを南町奉行所に渡して、揺さぶりをかけてもらおうかと考えています。何か尻尾を出せば、東湊町は町奉行所の支配ですから捕らえられますが、この深川は……」

黙ってしまう五味に、信平は言う。

「奉行所の手が及ばぬか」

「それもありますが、梅吉を殺めたのが佐野家の家来ですから、徳次郎も手を出せないのです」

五味は、将軍家縁者の信平ならば、なんとかしてくれると思っているらしく、期待を込めた面持ちだ。

善衛門が口をむにむにとやる。

「おい五味とやら、なんじゃその顔は。おぬしまさか、殿に捕らえさせようとしておるのか」

いたのか、という顔を向けた五味が言う。

「いえいえ、お耳に入れに来ただけです」

「嘘を申せ」

「善衛門、よいのじゃ」

信平は止めて、徳次郎に訊く。

「佐野家が悪事に関わっているのは、間違いないのだな」

徳次郎が目を見てうなずいた。

「信平様とやりあった侍が、佐野の屋敷に入るのをこの目で見ております」

「しかし、妙ではないか」

善衛門が言い、腕組みをした。

「東湊町の廻船問屋が何ゆえ、深川でくすぶる無役の旗本に出入りするのだ」

「それが、無役ではねえんで」

「うむ？　何か、公儀の役目があるのか」

「へい。佐野家は、大川と小名木川の川舟改役を担っておりやす。その小名木川沿いに、鶴屋の別宅がありやすんで」

「そこが、怪しいか」

信平が言うと、徳次郎が顔を向けてうなずく。

「抜け荷の品を、そこに隠しているんじゃねえかと見ておりやす」

善衛門が信平に言う。

「徳次郎の読みどおりならば、佐野家が当番の時に動けば、抜け荷の品を載せた鶴屋の舟は、いくらでも出入りできますぞ」

「うむ」

信平が納得すると、善衛門は五味に言う。

「おぬしたちがそこまで分かっておるなら、殿を頼らずともお目付が動くであろう。奉行所からは、当然伝えておるのだろうな」

「いえ、まだです」

「なぜじゃ」

「殺されたのがすりですし、佐野家が、るべうすの密輸に関与している証拠もないとなれば、どうにもなりませんよ」

「それもそうか」

善衛門が唸り、難しい顔をしている。

五味が信平に両手をついた。

「信平殿、何か、よい知恵はございませぬか」

知恵を求めるというより、将軍家縁者の力でなんとかしてくれ、と、五味は思っているに違いない。

信平は、五味に言う。

「もう一度、るべうすとやらを見せてくれ」

応じた五味が膝行して近づき、布を開いて差し出した。

受け取って紅い粒を見つめた信平は、五味に顔を上げ、目を見た。

「どうにかしてやりたいが、無役の麿には何もできぬ」

五味は、

「そうですか」

と言い、天井を仰ぎ見た。

信平は、畳んだ布を差し出す。

「許せ」

「いえ、よいのです」

五味は信平に顔を向けて布を受け取り、懐に入れた。

徳次郎は、

「とんだ無駄足だ」

と、言い、顔をそむけた。

まるで潮が引くように人がいなくなった自分の部屋で、信平は一人横になり、青空に浮かぶ雲を眺めた。

空に向けられていた梅吉の悲しげな目を思い出すとともに、亡骸を囲んで泣いていた子供たちの声が、頭の中に響いてくる。

梅吉を斬り、口を封じた気になっている者どもは、安堵して笑っているのだろうと想像すると、腹の底から怒りがこみ上げてくる。

信平は、眩(まばゆ)い空に向けて右手を上げた。指先で、るべうすが濃い赤色に輝いている。

五味が気付いて戻らぬうちに出かけようと起き上がり、狐丸に手を伸ばした。

「お出かけですか」

まるで待っていたかのように、襖の向こうで、お初が声をかけてきた。

「うむ、ちと出かける」

返事はない。そして、気配も消えていた。

七

「加藤、おい待て、加藤」

「うるさい、おれに付いてくるな」

「なんだ、酔っ払いめ」

深川の小料理屋から出た加藤某は、共に飲んでいた同輩の侍と別れて、佐野家の屋敷へ足を向けた。

まだ暮れ六つだというのに、通りを歩く人はいない。

夕陽（ゆうひ）に染まる大川を左側に見つつ、川風に当たって酔いをさましながら歩いている加藤は、前から来た者に身体をぶつけてしまい、よろめいた。

酔った自分がぶつかっておいて、

「おい、気をつけろ」

これである。

睨みをきかせて吐き捨てると、舌打ちをしてまた歩きだした。

「待ちなさい」

背後から呼び止められ、足を止めて振り向く。

若者に、酒に酔った目を向ける。

「なんじゃ」

「これを、落とされたぞ」

「うむ？」

加藤が目をこらす。

自分の財布であることに気付き、

「よこせ」

と、偉そうに手を伸ばした。

手に触れる寸前で、中身がばら撒かれて驚き、加藤は怒気を浮かべた。

「貴様、何をするか！」

「すまぬ、手が滑ったのだ。今拾う」

しゃがむと、

「おや？」

と、銭の中で紅く光る物を拾い、立ち上がった。

「これは美しい物じゃ。何か教えてくれぬか」

加藤が仰天した。

紅い粒を指につまんで見せているのは、信平である。

加藤は一気に酔いがさめたのか、見覚えのある白い狩衣姿にようやく気付いたらしく、

「あっ」

と、声をあげた。

信平が、薄い笑みを浮かべる。

「し、知らぬ、そのような物」

「確かに、そなたの財布から出た物だ。これは、るべうすであろう」

「知らぬ」

「知らぬとは言わせぬ。御禁制の品を持ち歩くとは、何ごとか」

「知らん、それが我が手にあるはずはないのだ」

「あるはずはない……か」

失言に気付き、加藤がはっとなった。

信平が厳しい目を向ける。

「貴様、梅吉を斬ったな」

「……」

「幼い命を奪いしこと許せぬ。この場で麿が成敗してくれる。覚悟いたせ」

加藤は怯(ひる)んだ。

「ま、待て、待ってくれ」

「待たぬ。麿は貴様を許さぬと決めたのだ」

狐丸に手をかけるのを見た加藤は、信平の剣気に圧され、顔を引きつらせて下がった。

「それがしは、頼まれただけだ。るべうすにしても、それがしの物ではない」

「申し開きは、あの世に行って梅吉の前でいたせ」

「く、おのれ！」

加藤は刀を抜き、正眼に構えた。

信平は狐丸を抜き、両手を下げる。その全身からみなぎる気は凄まじく、追い込まれた加藤は、目を見張った。

「おのれ！」

叫ぶと、正眼から上段に振り上げ、斬りかかった。

信平はひらりとかわし、狩衣の袖が風を切る。

刀を斬り下げた加藤が、二歩三歩と歩を進めたところで止まり、声もなく、右肩から地面に倒れた。

静かに狐丸を納めた信平は、鋭い形相で加藤を見下ろすと、誰もいない道に向かって言う。

「徳次郎を呼んできてくれ」

物陰から出てきたお初が応じ、その場から去った。

「鶴屋、次の荷はいつ入る」

「御家が当番の明日、運び込みます」

「では、家来に命じておく。また大儲けができるのう」

「はい、これも、佐野様のおかげでございます。これは、前払い分にございます」

差し出された桐箱は、重そうだ。

蓋を開けた佐野は、敷き詰められた小判に満足そうな顔をした。

ざっと見ても、五百両はある。

「それにしても長五郎、この小さな石ころがひとつ五十両に化けるのだから、抜け荷はやめられぬのう」

佐野が粒をつまみ、蠟燭の明かりの中で顔の前に上げて見た。磨き上げられた玉は、いい紅色をしている。

長五郎が、欲深げな顔で言う。

「るべうすのおかげで、お互いに好きなことができますな。佐野様はご出世、手前は、ふふ、ふふふ」

「どうせ、おなごにつぎ込んでおるのだろう。おぬしも好きよのう」

「おそれいります」

欲にかられた者どもが高笑いをし、黒い息を吐く。

「ごめん。殿、お知らせしたきことがございます」

障子の外から声をかけられ、佐野は口に運びかけた盃の手を止めた。

「何ごとじゃ」

不機嫌な口調で言うと、藍染の羽織を着けた家来が障子を開け、中腰で歩み寄ると、佐野の耳元でささやいた。

「何……」

目を丸くした佐野に、長五郎が問う。

「いかがされたのです」

佐野が渋い顔を向ける。

「加藤が、何者かに斬られた」

「え！」

絶句する長五郎から家来に顔を戻した佐野が、悔しげに問う。

「誰にやられたのだ」

「分かりませぬ。名主の使いの者が申しますには、見た者がおらぬそうです」

「まさか、例のすりの仲間に仕返しをされたのでは」

弱気な声で言う長五郎に、佐野は怒りに満ちた顔を向けた。

「すりの小僧を一人殺したことがなんだと申すのだ。それに、加藤を斬るほどの仲間がいるとは聞いておらぬ」

家来が言う。

「名主の使いは、表に加藤の骸(むくろ)を運んできているそうです。引き取りを願(ねご)うておりますが、いかがいたしますか」

「加藤と申す家来など、わしは知らぬ」

「殿……」

「知らぬと申しておる」

家来は困惑したが、従った。

「では、そのように伝えまする」

「長五郎、名主が騒げば、目付役が動くやもしれぬ。こたびのことが終われば、しばらくやめじゃ」

「承知しました。明日のお調べは、くれぐれもよろしくお願いいたします」

「うむ。海を守る御船手方には気を付けろ」

「はい」

長五郎と家来が立ち去ろうとした時、畳の上にころりと何かが飛んできた。

狸面の長五郎がそれを見て、ぎょっとした。

「これは……」

紅い粒をつまみ上げると、佐野が驚き、るべうすが飛んできた庭を見た。

足音もなく、白い人影が庭に現れた。

現れた信平に、皆が目を見張る。

「な、何奴だ」

佐野が言うと、家来が目を見張った。

「おのれは、あの時の」

「ほう、麿のことを憶えておったか」

鷹司牡丹の銀刺繍が施された白い狩衣を着た信平が、ゆっくりと、音もなく歩み寄る。

「公家の者か？」

佐野が言い、前に出た。

「公家とは申せ、勝手に入るとは無礼であろう」

信平は、廊下に立つ佐野を見上げた。

「己の欲のために、懸命に生きていた幼い命を奪う者に、礼儀などいらぬ」

「ふん、なんのことだ」

「加藤が、すべて話したぞ」

「加藤などと申す者は知らん」

「では、この場でもう一度、本人に訊ねてみるといたそう」

「なんじゃと」

「徳次郎」

信平が声をかけると、

「それ、歩け！」

背後で声がし、お縄をかけられた加藤が庭に連れてこられた。

「貴様は！」

徳次郎が、家来を見て不敵な笑みを浮かべる。加藤が斬られたと嘘の知らせを届けたのは徳次郎だ。

徳次郎が加藤に言う。

「おめえさん、立派な殿様を持ったなあ。自分が助かるためには、家来を平気で切り捨てやがる。ま、おめえも殿様を売ったんだから、おあいこか」

佐野が睨むと、猿ぐつわをかまされた加藤が、悔しげにうつむいた。

信平が前に出た。

「佐野とやら、あきらめることだ」

「無礼な。貴様は何者だ。名乗れ！」

「鷹司、信平」

「鷹司だと……」

目を細めた佐野が一歩前に出た。鋭くも神々しい信平の目が、灯籠の明かりにぎらりと揺らめく。

「そ、そんな、まさか」

目の前にいる者の正体を知った佐野は、恐れおののき、よろけるように下がった。

佐野は、信平の狩衣に施されている鷹司牡丹の家紋に気付いたのだ。

「どうやら、麿のことを知っているようだな」

「佐野様……」

長五郎が心配し、家来が動揺する。

「殿、こ奴は何者です」

「し、知らん、わしは知らんぞ！」

佐野がかぶりを振る。

「き、斬れ、斬れ！」

言われてすぐ、家来が刀を抜いた。

信平は徳次郎を守って下がった。

「この場を離れろ。証人を守るのだ」

「がってんだ」

徳次郎が加藤を引きずるようにして、庭から逃げた。

信平は前を向く。

「佐野綱久、麿を斬るのはよいが、この場のこと、すべて上様のお耳に入ると心得よ」

「何を馬鹿な」

「嘘ではない。麿は、常に監視されておるのじゃ」

その時、空を切り、闇から小柄が飛んできた。

足下に突き刺さる小柄を見下ろし、佐野だけでなく、長五郎も腰を抜かす。

「ここ、これは！」

放たれた小柄には、金色に輝く葵の御紋が入っていたのだ。

信平の背後で黒い影が動き、庭の暗闇に、不気味にうずくまっている。

「どうする、佐野綱久。観念するか、それとも麿を斬るか」

佐野は畳に両手をつき、目を充血させて唸った。

「もはやこれまで。こうなったらもろともよ。ええい、であえ、曲者じゃ、であえい！」

廊下に足音が響き、家来たちがどっと出てきた。

「おう！」

「曲者！」

などと言い、佐野を守って立ちはだかる。

「斬れ、斬り捨てい！」

怒号に応じた家来たちが、刀を抜いた。

ざっと二十人。それでも、信平は顔色ひとつ変えなかった。ゆっくり狐丸を抜き、両手を大きく横に広げる。

灯籠の明かりに狐丸の地金がぎらりと輝き、刃紋が白さを増す。

「とう！」

「てや！」

「えぇい！」

鍛えられた三人が、ほぼ同時にかかってきた。

各々（おのおの）が技を繰り出し、必殺の攻撃をする。

だが、切っ先はむなしく空を斬る。と、その刹那、

「ぐわ」

左の家来が喉の奥から声を吐き、伏し倒れた。

素早く左に飛んだ信平が、身体を転じながら繰り出した狐丸が、敵の胴を斬り裂いていたのだ。

「おのれ！」

入れ代わり立ち代わり斬りかかってくる家来たちに応戦する信平の動きは華麗で、まるで舞っているかのごとく白い狩衣の花が咲き、狐丸が煌（きら）めく。

家来が激しく気合をかける声と、悲鳴が入りまじる。

聞こえるのは人の声だけで、刀と刀がかち合う音がしない。

恐るべきは、信平が遣う秘剣だ。

短いあいだに、かかってきた二十人を斬り伏せていた。

暗闇に潜むお初は、信平の凄まじき姿に瞠目(どうもく)している。

ゆるりと息を吐き、狐丸を静かに下げる信平の姿は、怪鳥が羽を閉じるように見えた。

恐るべき剣を目の当たりにした長五郎が顔を引きつらせ、腰を抜かして襖に背をつけ、なおもそこから離れようと足をばたつかせている。

「化け物め」

残った家来が、刀を正眼に構えて右足を出し、腰を低くした。

「おい、公家、貴様の流派はなんだ」

信平は答えず、涼しい目で家来を見据える。

全身からみなぎる鋭い剣気に、家来が一瞬怯んだものの、

「てやぁぁ!」

気合をかけて向かってくる。上段から斬り下ろすと見せかけて、足を払いにきた。

信平が後ろへ飛んでかわしたものの、身体をぶつける勢いで突っ込んでくる。

「死ね!」

鋭く突き、横にかわす信平を追って一閃する。

その一瞬の隙を、信平は見逃さない。

狩衣の白い袖がはらりと舞った時、家来がびくりと背を反らせた。

「ぐわ」

刀を落とし、仰向けに倒れた地面に、どす黒い血が滲む。

息絶えた家来の顔を見下ろし、

「秘剣、鳳凰（ほうおう）の舞」

そう教えると、佐野に顔を上げ、狐丸の切っ先を向けた。

「お、おのれ！」

刀を抜いた佐野が庭に飛び降り、猛然と迫って上段から斬り下げた。

信平が間合いに飛び込む。

「ぐ、うぅ」

互いがすれ違い、胴を斬られた佐野は目を見張って刀を落とし、うずくまるように倒れた。

信平が、ただ一人残った長五郎に鋭い目を向けると、

「ひ、ひぃぃ」

長五郎はそれだけで白目をむき、気絶した。

八

「善衛門」

将軍家綱に、善衛門は居住まいを正す。

「はは」

「まことに信平は、一人で二十二名もの相手を倒したのか」

「今、申し上げたとおりにござりまする」

若き将軍は、目を輝かせた。

「信平の戦いぶり、余も見たかったぞ」

「おそれながら、それがしも見とうございます」

頭を下げる善衛門の横に座る老中松平伊豆守信綱が、真顔を上座に向ける。

「上様、感心している場合ではございませぬ」

「なぜじゃ」

「佐野綱久は上様直臣。無役の信平殿が勝手に裁くことなど、あってはならぬこと。

これは、上様に対する逆心でございますぞ」

老中阿部豊後守忠秋が、

「まあまあ」

と言い、割って入った。

「佐野は抜け荷に加担したのだ。これこそが、上様に対する反逆ではござらぬか」

伊豆守は厳しい顔を向ける。

「しかしだな……」

豊後守が手の平を向けて口を制し、笑みを浮かべて言う。

「信平殿のおかげで、禁制のるべうすが御府内に出回るのを防げたのだ」

「町にはびこる悪が、ひとつ消えました」

口を挟んだ善衛門が二人の老中に睨まれ、

「はは」

大声を出して頭を下げた。

ふふ、と、子供らしく笑った将軍家綱が、二人の老中に見られて真顔となる。そして、改めて言う。

「伊豆」

「はっ」

「こたびのことは、この善衛門が申すように、江戸の悪が消えたと思え。身分がどうであれ、悪は悪。それを成敗した信平は、あっぱれであるぞ」

忠臣の伊豆守は、得心した面持ちとなる。

「上様がそうおっしゃいますならば、異論はございませぬ」

「うん。善衛門」

「はは」

「これからも大いに励めと、信平に伝えよ」

「え？」

「不服か」

「いえ、滅相もございませぬ」

「では、次なるよい知らせを待っておるぞ」

「はは」

平身低頭した善衛門は、これで信平の加増も早まると勝手に思い込み、にんまりした。

第四話　約束

一

朝日が照りつけ、どこからか蟬の声が聞こえてくる。

庭に植えた朝顔が咲いたと喜ぶお初の声に続いて、善衛門の笑い声がした。

「殿、見事な花が咲いておりますぞ」

「…………」

自室で狐丸の手入れをしていた松平信平は、鶯色の鞘に刀身を納め、唇にくわえていた懐紙を取って庭を見た。

青色の朝顔が、目にも鮮やかに咲き誇っている。

「まこと、綺麗であるな」

やおら立ち上がった信平は、狐丸を腰に下げた。

縁側に腰かけていた善衛門も立ち上がる。

「お出かけですかな」

「今日は道場に行く日だ」

「おお、さようでした。先日天甲殿に道でばったり出会いましてな、稽古のおかげで殿が手柄を上げられましたと礼を申しましたら、たいそう喜んでおられましたぞ。今日も稽古に励みなされ」

嬉しそうな善衛門は、朝顔に目線を戻す。

秘剣、鳳凰の舞を知っているお初が、秘密を共有する喜びを表す目顔を信平に向けて微笑む。

人斬り与左衛門を倒し、二十二人もの敵を相手にして怪我ひとつ負わぬ信平のことを、善衛門はどう思っているのだろうか。関谷道場で三年修行をしただけでは到底できぬことであるのは分かっているはずだが、何も訊こうとはしない。

一人で出かけた信平は、道場に向かった。

深川八幡宮の別当寺として人々に親しまれる永代寺の瓦屋根が、夏の陽を浴びて輝いている。

通い慣れた道を歩み、道場の門を潜ると、掃き清められた石畳を稽古場に向かう。

まだ稽古ははじまっておらず、静かであった。麻生地の単衣と袴を着けた門人たちの中に、ただ一人狩衣姿でいるのは目立つのだが、もはや、珍しそうに見る者はいない。

互いが軽く会釈を交わし、親しい者とはたあいもない会話をするが、長話をするでもなく稽古場に向かう。

「信平、待ってくれ」

声をかけられて振り向くと、矢島大輝（やじまだいき）が白い歯を見せて小走りで近づいた。

旗本の次男坊で性格も明るい矢島とは、近頃親しくしている。

二百名を超す門人が通う関谷道場だ。まだ名も知らぬ者がいるが、この男とは妙に気が合い、互いの名を呼び捨てにする仲であった。

「矢島、酒臭いぞ」

今日も朝帰りかと訊くと、

「いやぁ、ゆうべは家で大人しゅうしていたが、少々悪い酒を飲み過ぎた」

「悪い酒？」

「やけ酒だ」

苦笑いを浮かべて言う。

「兄上に叱られたか」

「まあ、それもある」

矢島は照れたように言った。

一刀流の腕はかなりのものだが、夜遊びが好きな男で、厳格な兄にいつも叱られている。

父親を早くに亡くし、二百石の旗本矢島家を背負ってきた兄の基休（もとやす）にしてみれば、弟の夜遊びは腹に据えかねるのであろう。

二日酔いでも休まず稽古に来るところなどは、この男も真面目なのだと思うが、

「兄上から逃げてきた」

と、笑う。

肩を並べて道場に向かっていると、後ろから走ってくる者がいた。

「矢島さん、信平さん」

声をかけてきたのは、増岡弥三郎だ。三年前、真島一之丞の一件で助けて以来仲良くしている。

信平と同じ十八歳になった弥三郎は、あの時受けた傷が癒えてからというもの、人

が変わったように厳しい稽古を重ね、剣術の腕をぐんぐん上げている。背は相変わらず低いが、全身に鋼のような筋肉をまとい、見違えるほど精悍な顔つきをしているのだ。

剣術の上達と共に精神も鍛えられ、人前でおどおどすることもなく、性格も明るくなった気がする。

弥三郎の人格を変えたのはこの矢島だと、信平は最近思うようになっていた。

「お二人で、なんの相談ですか」

「相談とは？」

「とぼけちゃって矢島さん、夜遊びの相談じゃないんですか」

行くなら付き合いますよと言う弥三郎は、今でも実家の立木屋から小遣いが送られてくるので、懐があたたかい。

その弥三郎が、矢島と二人で朝帰りをするのは珍しいことではないのだ。

「違うのですか」

「ああ、大違いだ。それにおれは、当分夜の町へは出られぬ」

「はあ？」

「兄上に、厳しく叱られたそうだ」

信平が言うと、

「あれま」

弥三郎が立ち止まった。

信平と矢島も立ち止まると、弥三郎が言う。

「残念だなあ、せっかくいい話を持ってきたというのに」

矢島が訊く。

「いい話とはなんだ」

「永代寺裏の川向こうに、新しく料理屋ができたそうです」

「なんだ、料理屋なんざ珍しいことではないだろう」

がっかりする矢島に、弥三郎は上目遣いに言う。

「ところが違うのですよ。女将がめっぽう色っぽいって、噂です」

「行こう、今夜だ」

矢島がすぐに食いついた。

弥三郎の肩をがっちり抱きかかえ、歩きながらさっそく相談をはじめている。

興味がない信平は離れて歩いていると、

「やれやれ、あいつらにも困ったものだ」

背後から野太い声がした。

信平が振り向くと、腕組みをした大きな男が歩み寄り、仕方がない奴らだ、と言って笑った。

この豪快な男は西尾広隆（にしおひろたか）といい、御家人の息子だ。剣の才覚があり、道場の番付は、常に二十番以内である。

信平は、この男とは顔見知り程度だが、矢島と仲がよい西尾は、信平にも親しみをもって接してくる。

普段は温厚な男だが、いざ稽古がはじまるや、その人格が一変する。

師、天甲に、

「十年に一度の逸材」

と言わせるほど、激しい剣を遣うのだ。

二刻（約四時間）たっぷり汗を流した後で四人は集い、井戸端で身体を拭いた。

弥三郎と矢島は、まだ日が高いというのにそわそわしている。日が暮れる前に料理屋に行き、遅くならないうちに帰宅しようとしているのだ。

芸者を呼ぶ話になると、

「そんなに芸者と遊びたいのか」

西尾が呆れて言う。

矢島が笑った。

「おぬしも一度くらい付き合えよ、おもしろいぞ」

弥三郎が続く。

「そうそう、特にお清姐さんときたら、見ているだけでうっとりするんですから」

「誰だ、そのお清と申すのは」

「お、西尾が食いついたぞ、珍しいことがあるものだな」

矢島が嬉しそうに言う。

「ただの芸者ですよ、芸者」

弥三郎が言った。

「芸者か。うっとりするほどならば、どんな女か見てみたいな」

西尾が真面目な顔をして言うので、矢島と弥三郎が顔を見合わせ、にんまりとした。

「よし、おぬしも連れて行くぞ」

矢島ががっちり肩を抱き、今日は離さぬからな、と念を押した。

弥三郎が信平に言う。

「信平さんもどうです。まだこんな時刻だし、昼飯を食べると思えばよいでしょう」

矢島が空いた手で信平の肩をつかみ、

「今日こそは付き合え」

強く引っ張られた。

断り切れない信平は、三人と町へ出た。これまで誘いに応じなかったため、料理屋がどんなところか知らない信平は、今日は不思議と興味が湧き、行ってみたいと思ったのだ。

二

「そうおっしゃいましてもお武家様、一見様をお通ししないのが、手前どもの決まりでございますから」

「おのれ、我らを愚弄するか！」

信平たち四人が朝見という料理屋に入ろうとした時、客と店の者が揉めていた。

「あれれ？」

弥三郎が、表の看板を確認している。

「なんだ、ここは一見さんお断りだったのか」

「なんのことじゃ」

信平が訊くと、

「店側が認めた者の口利きがないと、入れてくれないんですよ」

弥三郎が残念そうに言う。

矢島が顔をしかめた。

「こういう店は好かん。どうせ、大名か大店のあるじしか相手にしないのだろう」

別の店に行こうと言うので、信平は応じて、皆と引き返そうとした。

その時、

「お武家様！　何をなさいます！」

店の者が大声をあげた。

「助けて、誰か！」

「おい……」

振り向いた矢島が途端に表情を一変させ、店に戻った。

西尾と弥三郎が続き、信平も行く。

店先で浪人風の三人組が刀を抜き、店の女中が腰を抜かして震えている。

「おれたちに恥をかかせおって、ただですむと思うな！」

「ひいい！」

「おい、やめろ！」

矢島が怒鳴ると、今にも斬ろうとしていた浪人が振り上げた刀を止め、振り向いた。

「なんだ」

静かな口調で言う浪人の目は鋭い。これまで何人も斬ったことがあるような顔つきをしている。

他の二名も、凄まじい殺気を発している。

常人ならば、浪人どもの迫力に腰が引けるだろう。だが、信平はともかくとして、三人は関谷道場で修行する若者。

まずは矢島が、浪人たちに対峙する。

「か弱い女を相手になんだかんだ難癖を付けて、しまいには刀を抜いて脅すとは何ごとか。恥を知れ」

「貴様ら、どうせ金が目的だろう」

矢島に続き、弥三郎が言った。

矢島と対峙する髭面の浪人が、不気味な笑みを浮かべた。

「小僧ども、おれたちとやる気か」

「小僧とは無礼な」

矢島が刀の柄に手をかける。

右手に刀を下げていた髭面の浪人が、いきなり刀を一閃した。

「うわ」

声をあげ、辛うじてかわした矢島が、髭面に対し怒気を浮かべる。

「危ないだろうが！」

そう叫ぶと、刀を抜いて正眼に構えた。

弥三郎も抜くと、仲間の浪人たちも抜刀し、場が緊迫する。

友を助けるために信平が前に出ようとすると、西尾の大きな背中が前を遮った。と思うや、矢島と弥三郎のあいだに割って入り、前に突き進む。

その西尾に切っ先を向けた髭面の浪人が迫る。

西尾は、髭面が斬りかかった一撃を抜刀術で弾き上げ、喉元に切っ先をぴたりと止めた。

「うっ」

髭面の手から飛ばされた大刀が、地面に転がっている。

「まだやるか！」

西尾が大音声で一喝するや、仲間の二人は目を見開き、引き下がった。

髭面の浪人は飛びすさって離れ、逃げようとした。

「おい、忘れ物だ」

弾かれた刀を拾った矢島が叫び、放り投げた。

「くっ」

髭面の浪人が、土で汚された刀を拾うと、憎しみを込めた目で矢島を睨み、逃げていった。

「ははぁ、さすが、番付上位の西尾さんだ。お見事！」

弥三郎が持ち上げると、西尾は笑みを浮かべて謙遜した。

すると矢島が、

「手出しせずとも、あんな奴らなど、おれ一人でたたきのめしたものを」

そう言いながらも、爽やかな顔で笑った。

四人が何ごともなかったように帰ろうとすると、

「あの、お待ちを」

女中が呼び止め、

「女将さん、女将さぁん」

大声で呼びながら、戸口から入っていった。

女中と共に出てきた若い女が、恐縮した面持ちで歩み寄る。

「店の者が危ないところをお助けいただき、ありがとうございました」

白地に銀の松皮菱（まつかわびし）が鮮やかな着物姿の女は、この朝見の女将だと言う。

色が白く、きりりとした目元が魅力の女将に見つめられて、弥三郎と矢島はさっそく、鼻の下を伸ばしている。

「たまたまこの前を通っていた時に大きな声がしたものだから、寄ってみたのだ。何ごともなくてよかった」

矢島が、来るつもりだったことを隠して言うと、女将が申しわけなさそうな顔で言う。

「どうぞ、お上がりになってくださいまし。お礼に、おもてなしをさせていただきとうございます」

「おお、やった」

弥三郎が大喜びして、慌てて口を塞いだ。

「うふふ」

女将が笑い、

「さ、どうぞ」

しとやかな仕草で中へ誘う。

その色香に、

「では、少しだけ」

矢島が、いかにも自分が助けたのだと胸を張って、にやけそうになる顔をこらえた面持ちで中に入った。

弥三郎は嬉しさ丸出しで入り、西尾は硬い表情を崩さぬまま入る。

続いて信平が入ると、女将が目をぱちくりさせて見送る。

「まあ、お美しい」

女中にそう言ったが、信平の耳には届いていない。

植木が見事な中庭を望める、真新しい畳の香りがする客間に通された四人の若者は、三の膳まである豪華な料理と酒を振る舞われた。

酒が入り、すっかり上機嫌の矢島と弥三郎は、厚かましくも女将に頼んで馴染(なじ)みの芸者を呼び寄せ、大いに盛り上がっている。

西尾は、芸者とたわむれる矢島と弥三郎を見ながら、笑みを浮かべて酒を飲んでいるが、酔っても落ち着いた態度を崩さない。

そんな西尾を、これぞ武士、と、そう思う信平は、感心して見ていた。

「お公家様、おひとつどうぞ」

芸者にすすめられて、盃の酒を飲み干した。

「はい、お次」

「いや、もう存分にいただいた」

「そうおっしゃらずに」

立て続けにすすめられ、信平は次第に気分がよくなってきた。

酒の追加を持って現れた女将が、

「まゆみと申します。今宵はたっぷりとお楽しみくださいませ」

改めてあいさつをし、酌をして回った。

「お公家様、お口に合いませんか」

「うん？」

「お箸が進んでらっしゃいませんから」

「うん？」

「………」

女将がきょとんとしている。

「よせよせ、信平は酒に弱いのだ」

すっかり打ち解けた西尾が、信平を呼び捨てにして笑っている。

信平はより気分がよくなり、返事をするのがやっと。女将が何か言っているが、色白の顔と紅い唇が天井と畳のあいだをぐるぐる回り、目の前がぼやけてきた。

信平はふと、目をさました。いつの間にか眠ったらしく、座敷には蠟燭が灯されている。三味線の音は止み、かわりに、地響きがするほどのいびきが聞こえた。聞こえたと思うや、ふっと止まる。仰向けに寝た弥三郎が口をむにむにと動かし、幸せそうな顔で寝ていた。

ぼうっとして、いつ眠ったのだろうと考えていると、襖の向こうから声がすることに気付いた。

「よいな、お駒」

「ほんとに、あたしなんかでいいんですか」

「当たり前だ。明日の夜、八幡様で待っている。上方に行き、二人で静かに暮らそう」

「嬉しい」

どうやら、誰かが駆け落ちをする相談をしているようだが、

「この声は……」

信平は、ゆるりと起き上がった。

弥三郎が寝ていて、西尾はお清という芸者を横に座らせて、酒の飲みくらべをしている。

二人とも底抜けの酒飲みだと思いつつ、視線を部屋に廻らす。

矢島の姿がなかった。襖を隔てた後ろの部屋から聞こえたのは、矢島の声だったのだ。

芸者を口説いているのだろう。ほんとうに、女遊びが好きな男だ。

そう思いながら、信平はあくびをして立ち上がった。

「おお、起きたか」

西尾がお清の肩を抱いて、上機嫌で言う。

いつもとは違う西尾の一面を見たような気がしたが、悪くはない。

「どこへ行く」

「ちと、厠へ」

信平は廊下に出て、左右を見た。

女将が廊下の角を曲がってきて、信平が立っているのを見て微笑んだ。

「お目覚めですか」

「厠に行きたいのだが」

「ご案内します」

信平は従って廊下を歩んだ。

用を足して出ると、女将が石甕の水を柄杓ですくって待っていた。

手を流していると、中庭を挟んだ向こう側の廊下を走ってくる、侍の姿が見えた。

前にいる人物に、見覚えがある。矢島の兄、基休だ。

家来を引き連れた基休が、信平たちが飲んでいた座敷の前で止まると、何かを叫んで、中に入った。

何ごとかと驚く女将に、

「友の兄じゃ。案ずるな」

信平はそう言い、急いで戻った。

すると、お駒を守るように矢島が正座し、その前に基休が仁王立ちしていた。

「兄上、なぜここが……」

「黙れ！　道場から帰らぬと思い捜してみればこれだ。大輝、貴様、この兄の命令が聞けぬと申すか」

「兄上、わたしは、このお駒と夫婦になります」

「まだ言うか、このたわけ！　お前はもうすぐ祝言を挙げる身ぞ。このような女に騙されよって」

お駒が目を丸くして、矢島を見た。

「ほんとうですか」

「…………」

矢島は、ばつが悪そうな顔をして黙っている。

「女癖が悪いなどという噂が立つ前に帰るぞ」

基休が顎を振り、家来に命じた。

うなずいた家来が、

「さ、帰りますぞ」

矢島の両脇を抱える。

「よせ、放さぬか」

「どちら様か存じませぬが……」

信平より遅れてきた女将が声をかけ、中に入った。

「今宵、矢島様は手前どもの大切なお客様にございます。ご無体なことはおやめくださいまし」

基休が怒った顔を向ける。

「料理屋の女将風情が、無礼なことを申すと許さぬぞ」

「無礼なのはそちら様にございます。他のお客様にご迷惑ですから、どうぞお引き取りくださいましな」

「すぐに出ていくから心配無用じゃ。さ、大輝、帰るぞ」

「帰りませぬ」

「大輝！」

「帰りませぬ」

「ええい黙れ！」

「黙りませぬ！　放せ」

矢島は、強引に連れて帰ろうとする家来の腕を振り払い、基休を見た。

「なんだ、その目は」

弟を捕まえるために前に出ようとした基休の前に、女将が立ちはだかった。

「いい加減にしてくださいまし」

「どけ、どかぬと斬る」

「あちらの部屋におられますお方が、騒ぎを静めよと仰せです。従っていただきませぬと、あなた様の御身に関わりますよ」

「何……」

基休が、女将が指し示した部屋を見た。

障子が閉められ、中に誰がいるのかは分からない。

「誰がおると申すのだ」

「お教えしてもよろしゅうございますが、あなた様のお名も伝えますよ」

「そういえば、ここは幕閣の方がよく来られるんですよね、女将さん」

目をさました弥三郎が、あくびをしながら言った。

途端に、基休の顔色が変わる。不安そうな顔で部屋を見ると、

「ええい、勝手にしろ」

弟に向かって吐き捨て、家臣を引き連れて出ていった。

矢島は神妙に頭を下げた。

「女将、すまぬ」

「あたしはいいんです。それより、あやまるお人を間違っていませんか」

言われて、矢島がお駒を見た。

「お駒、何も心配することはないぞ」

「……………」

お駒は戸惑っている様子だ。

「祝言が近いって、どういうことなのさ」

お駒にかわり、お清が訊いてきた。

お駒が顔を向ける。

「姐さん」

「あんたは黙ってな」

お清は気が強い。

そのお清に詰め寄られ、矢島はたじたじだ。

「兄上が、勝手に決めたことだ」

「じゃあ、このお駒ちゃんを捨てたりしないんだね」

「……………」

「どうなのさ」

「その、つもりだ」

「上方に行くというのも、嘘じゃないのね」

「う、うむ」

「だったら、これから二人で逃げたらどうなのさ」

「…………」

矢島は黙ってしまい、うな垂れた。

お清が疑う目を向ける。

「口じゃうまいこと言ってるけど、本気で逃げる気があるのかい、どうなのさ」

追い詰められた矢島が、とうとうお駒に両手をついた。

「すまん、お駒」

「えっ」

「正直に言う。ほんとうは、明日の待ち合わせには行かないつもりだった。兄上が怒鳴り込んだのも、おれに許嫁(いいなずけ)がいることをお前に分かってもらうために、芝居を頼んでいたのだ」

「そんな……」

「おれは、婿入りする。このおれには過ぎた縁談でな、そなたと一生日陰に暮らすより、婿に入って、武士として生きていくと決めたのだ」

「…………」

「許せ」

お駒は悲愴な面持ちとなったが、すぐに笑顔を浮かべた。

「そうよね。あなたはお侍ですもの、そのほうがいいに決まってる」

「お駒ちゃん」

「いいのよ姐さん。大輝さんが幸せになれるなら、あたしはそれで」

「酷い男だよ、あんた」

お清が罵り、お駒の手を引っ張った。

「こんな男、こっちから願い下げだよ。行くよ」

憤慨したお清が男たちを睨み、お駒を連れて出ていった。

なす術もなくお駒の背を見送る矢島が、がっくりと両手をつく。

「何ゆえ、嘘を申したのだ」

信平が言うと、皆が注目した。西尾が近づく。

「どういうことだ」

「そもそも、ここに来ることは今日決まったのだ。芝居を頼んでいたというのは妙なこと。それに基休殿には、明らかな殺気を感じた。見張りが付いていたのではないのか」

「そうなのか？」

西尾が訊くと、矢島が辛そうに歯を食いしばり、うなずいた。

「これで、よいのだ」

女将が気を利かせて出ていき、障子を閉めた。

矢島は背中を震わせながら、真実を語った。

兄の基休は、かつて上役だった人物から、弟大輝を婿にほしいと縁談を持ちかけられた。

その相手は、矢島家より大身であり、徒頭を務める家柄。お役目を欲する兄にとっては、願ってもない良縁。御家のためと称して、矢島に相談することなくこれを決めた。

ところが、矢島がきっぱりと断ったものだから、基休は面食らったのである。

二人は激しい兄弟喧嘩となり、殴り合いのあげく刀を抜く大騒動となったが、家来が止めたことで、御家の恥になるような事態にはならなかった。だが、喧嘩が激しくなった原因はそれだけではなかった。矢島が芸者に惚れていることを知った基休が激怒し、応じなければ、お駒を殺すと脅したのだ。

そこまで話した矢島は、肩を落として続けた。

「脅しではなく、兄上は本気だったのだ。ここに来たことではっきりした」

「それで咄嗟に、あのような嘘をついたのか」

信平の言葉に、矢島はうなずく。

「悔しいが、もはや兄上には逆らえぬ」

そう吐き捨てると、睨むような目を障子に向けた。

「今のままでは、お駒が殺される。これから戻って、婿に行くと言う」

弥三郎は、悲しげな顔を矢島に向けて黙っている。

西尾は柱に背を持たせかけ、盃の酒を飲み干した。苦そうな顔をしてひとつ息を吐き、矢島を見て言う。

「ほんとうに、いいのか」

「うむ」

「よし、ではおれも行こう。また喧嘩になれば、斬り合いになりかねぬからな」

「やめてくれ。迷惑はかけられない」

矢島はそう言って立ち上がった。

信平は、皆と揃って女将に詫び、座敷から出た。前を歩く三人に続いて出口に向かっていると、そっと袖を引っ張られた。

「またお越しくださいましねぇ、お公家様」

振り向けば、女将が笑みを浮かべ、前の皆に聞こえぬよう小声で続ける。

「あたしが、お酒の飲み方をお教えしますから」

酒の飲み方などあるのかと思う信平であったが、弥三郎が待っているので問わずにうなずき、出口に歩んだ。そして店の前で、矢島に問う。

「一人で大丈夫か」

「うむ。では、また」

矢島は笑顔で言い、帰っていった。

三

翌朝、朝餉の膳を前にした信平は、針の筵に座らされた心持ちだった。

善衛門がわざとらしく空咳をして大根の漬物をかじり、

「殿はよいですなぁ。旨いと評判の料理屋でどんちゃん騒ぎ。それにくらべ我らは、

「今朝も漬物と味噌汁」

嫌味を言って、ため息をついた。

かりこりと音をさせる善衛門をちらりと見て、恐る恐る顔を転じると、お初が目を伏せ気味にして、ご飯を口に入れている。

今朝は、一言も声を聞いていない。

ゆうべ屋敷に帰ったのは九つ（午前〇時）。

お初は監視に付いていなかったため、時折表に出て、帰りが遅い信平を心配していたらしい。

これは、今朝早く善衛門が教えてくれたことだ。口止めされたらしく、信平は、知らないことになっている。

朝見にいたことを、正直に告げたことがまずかった。

善衛門は嫌味を言い、お初の怒りを静めようとしているが効果がなく、今も、

（どうするのか）

と、目顔で言ってきた。

助け舟が来たのは、そんな時だ。

「おはようございます！　信平様はいらっしゃいますか！」

表の戸口で訪う声がした。

お初が苛立ったようにため息を吐き、荒々しく箸を置いて表に向かった。

程なく、同心の五味正三がおかめ顔を出し、信平に笑みを浮かべる。

戻ったお初が膳を下げようとすると、

「あ、そのまま、そのまま」

食べながら聞いてくれと言って、信平の前に座った。

両手をつき、信平様におかれましては、ご機嫌うるわしゅう……、などと、堅苦しいあいさつを述べるので、信平は止めた。

「五味殿」

「はは」

「申したであろう。麿は五十石の旗本。そのようにされては困る」

「はは、では、これよりは気楽にさせていただきます」

おかめそっくりの顔を上げるなり、膳をのぞき込み、

「旨そうな味噌汁ですね」

ごくりと喉を鳴らす。

「五味殿もいかがか」

「それはどうも。実はゆうべから、何も口にしておらぬのですよ」

二人の会話を聞いたお初が、黙って台所に立ち、朝餉の支度をして戻った。

「おお、ありがたい」

五味は真っ先に味噌汁の椀に手を伸ばして一口するやいなや、目を見張った。

「旨い！」

嬉しそうに、お初を見て言う。

「こんなに旨い味噌汁は、初めて食べましたぞ」

「そうですか」

お初はつっけんどんに答えたが、五味に背を向け、こぼれそうな笑みをこらえて自分の膳に戻った。

氷が解けるように、お初の表情が穏やかになった気がして、信平はほっと胸をなで下ろす。

黙っていた善衛門が、五味に問う。

「何か用があってまいったのではないのか」

夢中で飯を食べていた五味が、

「ああそうでした」

と言って、箸を置いた。口の中の物を飲み込み、信平に言う。

「ゆうべ、朝見に行かれましたか」

すると善衛門が咳をし、話をぶり返すな、という顔を五味にする。

「ええ？」

善衛門の気持ちが分からず問う五味に、信平が言う。

「行ったが、何か」

すると五味が、神妙な顔をする。

「お駒という芸者を、座敷に呼ばれましたな」

「………」

「殿！」

善衛門が目を丸くして尻を浮かせた。五味が驚き、茶碗を激しく置いて物に当たるお初に振り向いた後で、信平に顔を向ける。

「あれ、もしかして、まずいことを言いました？」

信平は無言で首を振った。共に暮らしていないとはいえ、妻がある身だ。芸者遊びをしたと思われては、都合が悪い。

「確かに、友が呼んでいたが……」

とぼけて言い、それがどうしたのかと訊くと、五味はまた、神妙な顔をした。

「そのお駒が、ゆうべ遅く、家に押し入った何者かに斬られたのです」

信平は驚き、同時に基休の顔が浮かんだ。

「して、お駒の命は」

「深手を負っていますが、命に別状はありません。たまたま泊まっていた芸者仲間が騒いだせいで、とどめを刺せなかったのです」

「お清は無事なのか」

「はい。しかし、言ってもいないのにすらりとその名が出てくるとなると、信平殿は何か、事情を知っておられるご様子」

「いや……」

「隠さず、教えていただけませんか」

するとと善衛門が口を挟んだ。

「おい、おぬしは御府内の町方であろう。何ゆえ深川のことに首を突っ込むのだ」

「名主が助太刀を頼んできましたもので、御奉行の言いつけで渡ってきたのです」

「いずれ深川は町方支配になるという噂は、まことのようじゃな」

「さあ、上のことはさっぱり分かりませんが」

「まあよい。殿、ここは正直に申されよ」

「ふむ」

信平はどうしようか迷ったが、朝見であったことをすべて話して聞かせた。

すると五味が、賊は矢島の兄が差し向けた可能性があると疑った。

信平もうなずき、五味に問う。

「お清は、襲った者のことをなんと申している。顔は見ているのか」

「暗かった上に、頭巾で顔を隠していたらしいのです。身なりは侍だったと言うていますが、それだけではどうにも。いろいろ話を聞いているうちに信平殿の名前が出ましたもので、お邪魔をしたというわけです。おかげで分かったことはありますが、矢島家の当主が関わっているとなると、困りました」

「武家ゆえ、あきらめるか」

「いや、まだ矢島家の仕業と決まったわけではないですから、調べは続けますよ」

「他にも、お駒が狙われる理由があると思うのか」

「そうではなくて、近頃は物騒な輩(やから)が深川にいるんです。けしからぬことに、人を殺すことを生業(なりわい)とする者どもですよ」

信平は初耳だった。

「その者たちは、金で人を殺すのか」

「ええ。お奉行がわたしを遣わされたのは、実はそのことがあるからです。御府内ではもう何人もやられていますが、影すらつかめず焦っていた時に、名主が知らせてきたのです」

信平と善衛門は顔を見合わせた。

五味が言う。

「まあでも、見た者はおりませんし、殺しを頼んだと言う者も見つかっていませんから、実在するかどうかは分かりません。単なる噂だという者もいます。ああ、そうだ。信平殿、関谷道場には、西尾という男がおりますかな」

「西尾なら、親しくしているが」

「よい噂がありませんから、あまり近寄らぬほうがよろしいかと」

思わぬことに、信平は訊く。

「それはいったい、どういうことじゃ」

「深いことは知りません。ただ、殺しの集団に関わっているのではないかというのを耳にしました。あくまで噂です。お初殿、旨い味噌汁でした」

五味は手を合わせて礼を言うと、役目に戻っていった。

まるで、西尾がその闇の組織の者だと言われたようで、信平は心配になってきた。

「まさか、な……」

信平は独り言を言い、自室に戻って出かける支度をした。

善衛門が部屋に来て、心配そうな顔をする。

「どちらへ行かれます」

「うん、ちと道場へな」

「では、それがしも」

「うん？」

「いや、天甲殿に会いに」

目を泳がせ、とぼけて言う。

心中を察した信平は、二人で出かけた。

道場に着くと、善衛門は天甲と碁を打つと言って、奥の部屋に入った。

信平は稽古場に入り、矢島を捜した。だが、来ていなかった。

弥三郎がいたのでお駒のことを訊くと、

「まさか！」

驚愕し、知らなかったと言う。

矢島が心配だと信平が言うと、弥三郎が言った。

「お駒ちゃんの所かも。家を知っているから、これから行ってみよう」

「うむ」

信平は稽古を抜けて、弥三郎と町へ出た。

歩きながら弥三郎に言う。

「そういえば、西尾も来ていなかったが」

「あいつは誰かさんと一緒で、めったに来ないから」

自分のことを言われた信平は、そうか、と返事をして、気になったことを口にした。

「弥三郎は、西尾のことをどう思う」

「どう思うって、何が」

「いや、考えてみれば、西尾のことをあまり知らないと思ったのだ」

「あいつはいい奴だ。剣の腕が立っても偉ぶるでもなく、家計を助けるために仕事もしている」

「仕事？」

直参である旗本や御家人は、副業を許されていない。だが、それは建前で、禄が少ない御家人は内職で家計を支えている者がほとんどで、幕府はそれを黙認している。

驚く信平に、弥三郎は真顔でうなずいた。

「西尾の家は、母親と病弱の妹と、下働きの男が一人いるだけだが、それでも、副業をしなければ暮らし向きが苦しいのだ。なんせ、禄はたったの三十俵だから、薬も買えないだろう」

「なるほど。して、その副業とは、何をしているのだ」

「さあ、それは知らぬなぁ」

弥三郎は首をかしげて言った。

お駒の家は、大川にほど近い漁師町にある。

弥三郎が訪い(おとな)を入れた家は、長屋ではなく庭付きの一軒家だった。

返事はない。

「誰もいないのかな」

弥三郎がつま先立ちになり、それでも足りず跳び上がって、垣根の上から庭をのぞいた。

信平はつま先立ちになり、中を見た。

「なかなかいい家だな」

「そりゃそうさ」

弥三郎が跳ぶのをやめて言うには、お駒は、矢島と恋仲になる前はどこかの店主に囲われていたらしく、その時に買い与えてもらった家らしい。その店主はすでにこの世になく、晴れてお駒の物になったというわけだ。ぺらぺらとしゃべる弥三郎が急に静かになった。どうやら、ねたが尽きたようだ。

「よく知っているのだな」

信平が振ると、弥三郎は続けた。

「お駒ちゃんが、隠しごとは嫌いだからと言って、すべて話したそうだ。たぶん、あれだな。それでもいいのかと、矢島の気持ちを確かめたかったんだろう」

裏木戸が開く音がして、弥三郎がそちらに振り向いた。

「誰か来たぞ」

言われて信平が見ると、地味な小袖を着た、三十歳がらみの女だった。化粧をしておらず、眉もないので目が怖い。

女はこちらに気付いて、

「あら、丁度よかった」

そう言って駆け寄った。

弥三郎が首をかしげる。

「えぇっと、どちら様で?」

訊き返すと、途端に女の顔が険しくなった。

「失礼ね、お清ですよ」

弥三郎が仰天した。あの美人で小粋なお清とは思えぬのだ。

「別人だな?」

弥三郎の失言に、お清が歯をむき出して怒ったが、

「馬鹿なこと言ってないで、二人とも早くお入りなさい。大変なことになってるのよ」

つるつるの眉根を寄せて、中へ誘った。

言われるまま家に行くと、矢島が部屋であぐらをかいて待っていた。

弥三郎が垣根から顔を出しているのを見て、お清を呼びに出していたのだ。

矢島と向き合い、話を聞いた信平は、思わず訊き返した。

「兄を、斬ったのか?」

「ああ、斬った。というわけで、おれは今日からここで暮らす。道場も辞めるからな」

息を呑む信平と弥三郎の前で矢島が言い、酒を飲んだ。大きな息を吐いて、顔を横に向ける。その視線の先にある隣の部屋では、お駒がうつ伏せに寝かされている。医者の治療が早かったおかげで命は取り留めたが、いまだ高い熱があり、意識もはっきりしないらしい。

「殺めたのか」

訊く信平に、矢島は顔を戻した。

「そのつもりだったが、家来どもに邪魔をされた。腕に傷を負わせただけだ」

「何ゆえ、そのようなことをしたのだ」

「お駒が襲われたと知らせが来た時、兄上の奴、まるで知っていたかのように、これで踏ん切りがつくだろうとぬかしおった」

「では、基休殿の命で、家来がここに押し入ったというのか」

「違う。兄は、人を雇ったのだ」

「人を?」

矢島が辛そうに目を閉じ、懐から印籠を出した。

「お駒を襲った奴が落としていった物だ」

手渡されて、信平は目を疑った。

「これは……」

丸に花菱の家紋が入れられた印籠は、西尾が腰に下げていた物。

言葉にならぬ信平に、矢島が憎しみを込めた口調で言う。

「割のいい仕事をしているとは聞いていたが、野郎、人斬りをしていやがった。知っているか、そういう連中がいることを」

「今朝、知り合いの町方同心から聞いた。お駒殿が襲われたことを、知らせてくれたのだ」

矢島が驚いた。

「どうして町方が首を突っ込んでくるんだ」

「金で人を殺める者たちのことを探索しているのだろう」

「その人たち、金さえ出せば、どんな相手でも殺すんだってねぇ」

言ったのはお清だ。酒と肴（さかな）を持ってくると、信平と弥三郎の前に置きながら続ける。

「そんな連中に頼むなんて、どうかしてるよ」

「すまぬ」

矢島が頭を下げた。

お清は悔しそうだ。

「それにしても、西尾様が人殺しだなんて、あたしは信じられませんよ」

「おれも信じたくはないさ。だが、ここに動かぬ証拠がある」

矢島が大声で言い、印籠をにぎりしめて悔しそうな顔をした。

金のために人を殺す。しかも、友が好いた女と知って襲うとは、人の血が通っているとは思えない。

信平は西尾の顔を思い出していた。普段は物静かで穏やかな男が、そのような恐ろしい一面を持っていようとは思いもしなかった。

矢島が荒々しく手酌をし、酒を飲んだ。そして、盃を見つめる。

「おれは、奴を許せぬ」

「どうする気だ」

弥三郎が訊くと、横に置いていた刀をつかみ、目の前に立てた。

「果たし合いだ。このおれが、成敗してくれる」

弥三郎は慌てた。

「ほ、本気で言ってるのか。相手は番付二十位以内だぞ」

「それでもやる。必ず斬る」

矢島は自分に聞かせるように言い、信平と弥三郎を交互に見た。

「二人には、立会人を頼む」

「承知した」

快諾する信平に、弥三郎が目を見張る。

「ここは止めるべきではないのか」

「ちと、用を思い出した。麿は先に道場へ帰る」

「いきなりなんだ」

信平は答えず立ち上がり、

「果たし合いの日時が決まれば教えてくれ」

弥三郎にそう言い、見ている矢島に目礼をして帰った。

四

「殿、どちらに行かれます。もう少しで、天甲殿に勝てましたのに」

囲碁に熱中していた善衛門は残念そうだ。

連れ出した信平は、深川の町を歩いている。

「善衛門は、旗本の矢島基休なる者を知っておるな」

「矢島？　旗本の矢島……。ああ、思い出しました。殿のご友人の兄ではございませぬか」

「今からそこへ行く」

「ご友人と何かありましたか」

「うむ。ちと心配なことがあるのだ」

信平は歩きながら、これまでのことを話した。

すると善衛門は驚き、信平の前を塞いで止めた。

「これは身内の揉めごとですぞ。訪ねて何をなさるつもりです」

商家の軒先で遊んでいた子供たちがじっと見ていることに信平が気付くと、走ってどこかに行った。商家の中から、こちらを見ている女たちがいる。

信平は気にして、善衛門の腕を引いて歩みを進めた。

人の耳に入らぬよう、

「これから言うとおりにしてもらいたい」

小声で、細々と伝えた。

善衛門は渋い顔をしていたが、黙ってうなずき、従った。

矢島の屋敷は、霊巌寺と小名木川のあいだの武家地にある。

訪ねると、大輝の兄基休は、斬られて深手を負った腕を抱えるようにして、二人の前に現れた。

臥していたらしく、寝間着の上に、薄茶の波模様の羽織を掛け、目の下に隈を浮かせて座る様は、怪我人というより、死期を間近に迎えた病人のようである。

その基休が、腕の痛みに顔をしかめつつ上座に座り、言った。

「松平様と聞いたので無理をして出てみれば、なんじゃ、信平殿であったか」

「お怪我のほうは、いかがですか」

「見てのとおりだ。信平殿、あのぼんくらめがどこにおるか、知らせに来てくれたのか」

「いえ」

「では、何用だ」

「これ、矢島殿、無礼であろう」

下座に控える善衛門が言うと、基休がじろりと睨み、

「誰じゃおぬしは。信平殿、そなたの家来か」

「家来ではございませぬが、わけあって、共に暮らしております」

「居候か」

　善衛門は口をむにむにとやる。

「無礼な！」

「無礼はそちらであろう。名を申せ」

　傷の痛みのせいで苛立っているのか、基休は不機嫌な口調で言い、帯に差していた扇子を抜いて先を向けた。

　善衛門が胸を張る。

「それがしは、亡き将軍家光公側近、葉山善衛門じゃ」

　基休が絶句した。

「馬鹿な、葉山様は本丸御殿にて上様のお世話をなされた二千石の大身。深川におられるはずがなかろう。冗談もほどほどにいたせ」

　まったく信じようとしない基休に、善衛門はため息を吐く。

「これは困った。おお、そうじゃ、家光公より拝領の左文字（さもんじ）が証じゃ。これ、預けた腰の物をこれへ持て」

　そばに控えている基休の若党に言うと、若党はあるじに顔を向けて可否を求めた。

「持ってまいれ」

応じた若党が下がり、程なく戻った。

善衛門が受け取った刀を基休に向ける。

黒塗りの鞘に金色で描かれた葵の御紋を見て、

「ま、まさか」

基休が目を見張った。

善衛門が言う。

「おぬしは知らぬようだから教えてしんぜよう。このお方は、今はまだ五十石の旗本であるが、家光公御正室の弟君であるぞ」

基休が愕然として、ぱたりと扇子を落とした。脇息を飛ばして立ち上がり、下座に移動して正座する。

「信平殿、いや、信平様、お人が悪うございます。何ゆえおっしゃってくださらぬのです」

「…………」

黙って見つめる信平に、基休は両手をついて平身低頭した。

「何も知らぬとはいえ、ご無礼をいたしました。平にご容赦を」

「許さぬ」

信平が即答すると、

「え？」

基休は間抜けな声を出して顔を上げた。

信平はその顔を見据えて言う。

「昨夜、朝見でそちがした所業を覚えておろう」

「そ、それは」

「女将が、別の部屋におられた客を気にしていたな」

「は、はい」

「今日まいったのは他でもない、そのことじゃ」

「…………」

「善衛門」

「はは」

善衛門が信平にかわって言う。

「実はのう、矢島殿。昨夜わしは、やんごとないお方のお供をして、あの店にいたのだ」

「……はい」

「そのやんごとないお方が大事な話をされていた時に、そちが大きな声で怒鳴っておったのを不快に思われてな。首をはねるとおっしゃるのを、必死でお止めしていたのじゃ」

基休が血相を変えて、目をひんむいている。

「そちが女将の言うことを聞いてすぐ帰ったゆえ、あの場はことなきを得た。じゃが、わしは今朝、そのお方から呼び出しを受けた。お城から戻った足で、ここへ来たというわけだ」

「そ、それはいったい」

「今一度そちから話を聞き、場合によっては腹を切らせろと、命じられたのだ」

「そ、そんな……」

基休は血走った目を向ける。

「その、やんごとないお方と申されるのは、どなたですか」

「教えてもよいが、やんごとないお方があの店にいたことをそちが知ることになる。さすれば、そちの命を助ける手立てがなくなるが、それでも知りたいか」

「い、いいえ、知らなくて結構です」

「うむ。それでな、基休殿。昨夜のことは、この信平様より大方聞いておる」

「はい」

善衛門が、威嚇するように目を見開いた。

「そちは、弟の好いたおなごを、人を雇うて殺そうとしたな」

基休は動揺した。

「そ、それは……」

「まあ、兄弟の争いなどはこの際どうでもよい。それよりどうじゃ、取引をせぬか」

「取引、でございますか。いったい、何を」

「実はやんごとないお方は、人を殺すことを生業としているけしからぬ者どもを一掃されようとしておられる。そちがもし、そのけしからぬ者どもに殺しを頼んだのなら、詳しいことを教えてくれ。さすれば、昨夜のことは忘れていただくよう、わしが取り次ぐがどうじゃ」

「ま、まことにございますか」

「うむ、悪い話ではあるまい」

表情を和らげた基休は、あっさりとしゃべった。

「なるほど、そのような恐ろしき者が、この深川に潜んでおるとは……」

善衛門が、大きなため息を吐いた。

「よし、すぐ城に立ち戻り、お知らせいたそう。それから基休殿、ひとつ言うておく」

「はは」

「そちがけしからぬ者を雇うたせいで、弟は命を落とすやもしれぬぞ」

基休は驚いた。

「葉山様、それはいったい……」

「今は申せぬ。が、ちと厄介じゃ。弟が九死に一生を得て戻ったならば、好きに生きさせてやることじゃな。これは、あくまでわしの考えじゃが、兄弟で争えば家は潰れるぞ」

「おっしゃることごもっとも。生きて戻れば、好きにさせてやりまする」

「うむ。では信平様、帰りましょう」

信平が応じて立ち上がると、基休は平身低頭した。

むろん、城へは行かず屋敷に帰ると、善衛門が大きな息を吐いて背を丸め、

「いやあ、肝を冷やしましたぞ。寿命が縮まるというのは、まさにこのこと」

むにむにと口を動かしながら、愚痴をはじめた。

信平は今日ばかりは聞いてやりながら、お初が出してくれた茶を呑気な顔ですすっ

ている。

「聞いておられるのか殿」

「うん、旨い」

「殿！」

「うまくいったと申したのだ。さすがは将軍の元側近、なかなかの迫力であったぞ」

善衛門は眉尻を下げた。

「何を申されます。側近というても、雑用係ですぞ。亡き家光公が、あの世で怒っておられましょうぞ」

「いいや、善衛門、よくやったと笑っておられるはずじゃ」

「そうですかな」

善衛門はすぐに気分をよくし、身を乗り出す。

「して殿、朝見におられたやんごとなきお方とは、いったい誰なのです」

「さあ」

「さあって、殿、幕府重臣の方だとおっしゃったではありませぬか」

「女将は確かにそのようなことを申したが、誰かまでは聞いておらぬ」

お初がくすっと笑った。

善衛門が驚いた顔を向けると、お初は真顔で座っている。

「お初、そなた何か知っておるのか」

「知りませぬ」

冷たく言われて、善衛門は頭を抱えた。

「殿、朝見の女将から基休殿に知れたら、我らの芝居がばれますぞ」

「女将が話すことはないだろうが、万が一ばれた時は、また考えればよい」

「知りませんぞ、おおごとになっても」

「今は、基休殿が申したことのほうが大事じゃ。金で人を殺める者たちの元締めを見つけ出すよい手はないものか」

「うぅむ」

善衛門も唸るほど、基休の口から出たことは、厄介であった。

五

数日が過ぎたこの日、深川は久しぶりに雨が降っていた。

信平は、五味と、門前町の徳次郎と共に小料理屋の二階の部屋に入り、行き交う人が少ない通りを見張っている。

さすがに狩衣は目立つというので、今日の信平は、お初が出してくれた藍染の小袖を着流している。

結いを解き、長い髪を後ろでひとつに束ねた信平は、まるで役者のようだ。

「何を着ても、信平殿は絵になりますな」

五味に言われて、信平は微笑んだ。

「暇な武家に見えるであろう」

「まあ、少なくとも公家には見えませぬな」

そう言う五味は、墨染めの羽織と十手を持っておらず、こちらも暇そうな武家に化けている。

その横にいる徳次郎は、二人の会話には入らずに、格子窓から外を見ている。目線の先には、口入れ屋の丸二屋（まるにや）があり、人が頻繁に出入りしている。

基休は、この丸二屋の仲立ちで、殺し屋を雇っていたのだ。

奉行所も目を付けているらしく、徳次郎はこうして何日も、この部屋に詰めていた。

信平はあれから、西尾のことを五味に相談していた。なぜなら善衛門から、人を調べるのはその道に長じた者を頼るべきだと、すすめられたからだ。

五味は快く応じてくれ、徳次郎を使い、西尾を見張ってくれた。

そして信平は五味に頼み、今日初めて、ここへ連れてきてもらったのだ。

「出てきました」

徳次郎に言われて信平が通りを見下ろすと、西尾が店の前に立ち、傘を差すところだった。時々この店に現れ、仕事を受けているという。

調べた徳次郎によると、西尾が丸二屋から受けるのは堀川の普請場での力仕事ばかりだが、見張りをはじめて二度ほど、尾行をまかれたらしい。

そして、その日に限って、人が殺されたという。

一度目は材木問屋の番頭、二度目は旗本の家臣で、この二人に共通するのは、どちらも鮮やかな斬り口による即死。下手人は相当な遣い手ということだ。

「他にも、浪人者が何人か出入りしてますがね」

徳次郎が、ぬかりのない目を外に向けたまま言う。

「こちらは店の脅しや、金の取り立てといった、ちんけな仕事をしているようで」

続いて五味が言う。

「調べてみれば、ほとんどの者がやることは、たちの悪いやくざと変わりなく、西尾一人が鮮やかな殺しをするから、噂が一人歩きした、と、わたしはそう考えてますが、信平殿は、今の話を聞いてどう思われます？」

おかめ顔で問われて、信平は浮かんでいた疑念を口にした。

「まことに、西尾殿が一人でしたのだろうか」

「やっぱり、そうなりますよね。見た者がいないものなぁ」

五味は首の後ろをなでながら、困り顔をした。

「こうなったら徳次郎、人を斬るところを見なきゃだめだ」

「へい。必ず」

「西尾殿はかなりの遣い手ゆえ、無理はしないでくれ」

信平が言うと、五味と徳次郎が揃って、へまはしませんよ、と言って笑った。

監視を続けるという二人を残して小料理屋を出た信平は、その足でお駒の家に行った。

表の戸口から声をかけると、お清が出てきて驚いた。

「あれ、大輝様はたった今、信平様に会いに行くって出かけられましたよ」

「入れ違いになったか」

「でも丁度ようございました。上がってくださいな。大事な話がありますので」

何ごとか気になり、誘われるまま部屋に行くと、お駒が布団で座っていた。

「たった今、目がさめたんですよう」

お清に言われ、信平は安堵した。

「それは何より」

お駒が、懇願する面持ちを向ける。

「お清姐さんから話を聞きました。大輝様は、あたしが目覚める前に出かけられたのでまだ知らないのですが、あの夜、命を救ってくれたのは西尾様なのです」

押し入った賊に背を斬られた後、とどめを刺そうとする者の刀を西尾が止めたのを、失う意識の中で憶えているという。

「では、やはり西尾はここに来たのだな」

「はい」

お駒にかわってお清が言う。

「知らなかったんじゃないですか、ここがお駒ちゃんの家だってことを」

信平はお清を見てうなずく。

「矢島は、麿になんの用だと言っていた」

「聞いても、すぐ戻るとだけおっしゃいました。でも、なんだかいつもより怖い顔をしてらっしゃいましたから、気にはなっていたんです」

「そうか」

悪い予感がした信平は、矢島を追って屋敷に帰った。

「殿、これを預かっておりますぞ」

屋敷に到着するなり、戸口に出た善衛門が差し出したのは、矢島大輝からの文だった。信平の不在を知ると、これを置いていったと善衛門が教える。

受け取った信平が開こうとすると、善衛門が問う。

「して、例の口入れ屋はどうでしたか」

信平は文を開いて答えた。

「やはり西尾は、丸二屋に出入りしていた」

「では、基休が申したことはまことでしたか。金のために友を裏切るとは、いやな世の中になりましたなぁ」

「すべては今日、分かるだろう」

「今日？」

信平は、話をしながら読み終えた矢島の文を渡した。

「矢島は、西尾と果たし合いをする気だ」

善衛門が文に目を走らせ、驚いた顔を上げた。

「殿に見届け役を頼むと書いてあります」

「そのことは、すでに承知ずみじゃ。決まったゆえ、知らせにまいったのであろう」

「なんと！」

「急ぎまいる」

「では、それがしも」

「ならぬ」

「しかし殿……」

「これは友のことゆえ、上様のお耳に入れぬよう頼む。お初も、頼む」

膳の間に通じる襖の陰に控えるお初が、静かに気配を消した。台所で家事をする音がしてきたのは、程なくだ。

信平は善衛門を残して出かけた。

雨は止み、空は青いが、日は西にかたむきはじめている。

果たし合いの場所は、深川の東にある一本松の原。刻限は迫っている。急がねば、間に合わない。

信平は着慣れぬ小袖の裾を端折り、狐丸の鍔を押さえて走った。

その頃、一本松の原では、先に到着した矢島と弥三郎が、西尾が来るのを待っていた。

深川は徐々に発展を続けているが、このあたりはまだまだ未開発で、海に向けて、見渡す限りの葦原が広がり、時折、強い海風が吹いてくる。

小名木川沿いにある一本松の原は、日頃から人が近づかないためか、果たし合いに度々使われる場所。それゆえ矢島は、この場を指定したのだろう。

「なんだか、寂しい所だな」

夏だというのに弥三郎が手を擦りながら、身震いまでしている。

矢島は、薄ねずみ色の生地に白の麻の葉模様が染め抜かれた着物に、濃紺の袴を着けている。白いたすきに鉢巻をし、強い意志を示す目を葦原のほうへ向け、腕組みをして静かに待っている。

「来た」

弥三郎が、川土手を歩む人影を見つけて言った。

原に下りた西尾が、ゆっくりと歩み寄る。

「来たか、西尾」

矢島が言い、ゆるりと振り返った。

西尾は無言で立ち止まり、じっと矢島を見据えている。

色が染められていない麻の着物に、黒の袴を着けている西尾は、日に焼けて浅黒い顔に汗を浮かせている。今まで普請場で働いていたのだろう。袴の裾と足は、泥で汚れている。

「西尾、お駒はまだ目をさまさぬ。覚悟いたせ」

矢島が怒りに満ちた顔で言い、刀を抜いた。

西尾は刀に手をかけ、鞘ごと抜いてその場に正座した。

矢島が睨む。

「なんのつもりだ」

「知らなかったとはいえ、お駒に傷を負わせたのは確かだ。煮るなり焼くなり、好きにしろ」

「……」

「おのれ、果たし合いを申し入れたおれを、愚弄するか」

西尾は答えず、刀を横向きに膝の前に置いて目を閉じた。

「いいだろう。その首をいただく」

矢島が背後に回って寄り、刀を振り上げたその時、原に一発の銃声が轟き、弾が矢島の左腕に当たった。

「うお！」

倒れてすぐ、手で腕を押さえた。着物の袖に、血が染み広がる。

矢島は呻き、痛みより怒りが勝った顔を西尾に向けた。

「卑怯者め！」

「くっ」

西尾が目をひんむいて驚き、あたりを見渡した。そして、愕然と一点を見つめる。

地面に突っ伏していた弥三郎が、その方向を見て焦った。

「だ、誰だ、あいつら」

這うようにして矢島のそばに行き、

「逃げたほうがいい」

そう言って助け起こした。

西尾が身構えて叫ぶ。

「おのれ丸二屋！　何をするか！」

「そりゃこっちの台詞ですよ、先生。芸者をやる時といい、今日といい、勝手なことをされたんじゃ困りますぜ」

薄笑いを浮かべる中年の男が、筒先にくゆる煙を吹き、火縄銃を肩にかついだ。

その背後には浪人風の男が三人いて、他にも、やくざ風の男たちが五、六人いる。

さらに、駕籠が二つやってきて、身を寄せ合う矢島と弥三郎の近くに止まると、乗せられていた者が蹴り落とされた。

その二人は、五味と徳次郎だ。

丸二屋を監視していた部屋にいきなり人が入ってきて、抵抗する間もなく気絶させられたのだ。

二人とも猿ぐつわをされて、縄で縛り上げられ身動きが取れない。

西尾が、いかにも悪人面をした丸二屋に言う。

「この者たちはなんだ」

「店をこそこそ探っていやがったから、ついでに口を封じるのさ。それはそうと先生、あんた今、あの野郎に斬られようとしていたな」

「…………」

答えぬが、そう顔に書いてある西尾を見て、丸二屋ががっかりしたように首を垂れた。そして、凄んだ顔を向ける。

「こちとらなぁ先生、貸した金を返してもらうまで、死なれちゃ困るんだよ。それともあれか、妹を吉原に売られてもいいのかい。まあ、あの器量だから五十両なんて金はすぐ稼ぐだろうがよ」

「妹は病だ、手を出すな」

「だったら、うんと稼がなきゃ。一旦受けた仕事は、相手が誰であろうと容赦なしだ」

「………………」

西尾は押し黙り、屈するように、うな垂れた。

丸二屋は下品な笑みを浮かべる。

「分かったのなら、気持ちを見せてもらおうか。こいつら四人を斬りな。ただとは言わねぇ。二両だ」

丸二屋の周囲に無頼者たちが集まり、薄笑いを浮かべている。

「おのれ！」

弥三郎が刀を抜いて無頼者に斬りかかったが、間合いに飛び込まれ、刀の柄で鳩尾（みぞおち）を打たれた。

刀を落とした弥三郎は、呻いて倒れた。

「弥三郎」

矢島が叫んだが、弥三郎は腹を抱えて悶絶している。

五味と徳次郎が、恐怖に目を充血させ、猿ぐつわをされた口で唸り声をあげている。

「黙れ！」

人相の悪い細目の浪人者が五味を蹴り倒し、刀を抜いた。

「頭、おれに斬らせてくれ。新刀の切れ味を試す」

丸二屋が余裕の顔を向ける。

「いいだろう。やれ」

応じた細目の浪人が、西尾に言う。

「芸者の時のように、邪魔をするなよ」

聞いた矢島が、はっとして顔を上げた。

「西尾、お前……」

何も答えない西尾にかわり、細目の浪人が言う。

「この野郎は、てめえの女だと知っておれの邪魔をしやがった。それを知らずに果たし合いを申し込むとは、馬鹿な野郎だ」

醜い笑い方をする浪人が五味に向き、目を嬉々とさせて刀を振り上げた。

「どんな切れ味だろうな！」

そう言って打ち下ろそうとした時、空を切って飛ぶ短刀が額に突き刺さった。

西尾が咄嗟に脇差しを抜き、投げたのだ。

浪人は声もなく、黒目を額に向けて仰向けに倒れた。

「てめえ！」

色めき立った者たちが一斉に刀を抜くが、それより早く動いた西尾が大刀を振りかざし、猛然と迫る。三人のやくざ者が西尾に斬りかかったが、まったく相手にもならず斬殺された。

倒れた者どもを見もしない西尾は、斬りかかろうとするやくざ者どもに切っ先を向けて止めた。

すぐに立ち上がった五味が、丸二屋に叫ぶ。油断なく下がり、五味と徳次郎の縄を切る。

「おれは北町奉行所の同心だ。神妙にいたせ！」

丸二屋は動揺するどころか、不気味な笑みを浮かべている。

「先生方、よろしく頼みますよ」

落ち着いた声に応じた二人の浪人が前に出て、静かに刀を抜く。構えに隙がなく、これまでの者とは格段に剣気が違う。

素手のままの五味が、ごくりと喉を鳴らして後ずさった。それをかばうように前に出た西尾が、刀を正眼に構えて対峙する。

横に回ったやくざ者が六尺棒を構え、西尾に隙あらばたたきのめそうとしている。

油断せぬ西尾が、やくざ者をちらと見たその刹那、

「てや！」

右の浪人が隙を逃すことなく斬りかかった。

西尾は受け流し、浪人の肩を突こうとしたがかわされ、互いに刀を打ち下ろして斬りむすぶ。

二人とも譲らず刀を振るい、技をぶつけ合う。

やくざ者三人が加勢し、一人が六尺棒で西尾の足を狙って振るった。

足首を打たれた西尾がよろめいた隙を突き、浪人が刀を振り下ろす。

西尾はかわそうとしたが、刃が右腕をかすめ、手首に血が流れた。

「ええい」

苛立ちの声を吐いた西尾が、浪人に向かって刀を構える。そこへ、やくざ者がふた

たび棒を繰り出してきた。

西尾は棒を払い上げ、一気に間合いを詰めて胴を払った。

「おええ」

腹を斬られて倒れるやくざ者に背を向け、前に走る。

浪人者に斬りかかったが、刀を弾かれ、互いがすれ違った直後に背中を斬られた。

ぱっくりと袈裟懸けに口を開ける着物に、鮮血の染みが広がる。

矢島が叫んだ。

「西尾！」

「来るな！」

加勢しようとする矢島を止め、息を荒くした西尾が浪人を睨む。

「この命にかえても、貴様らを討つ」

「ほう、やってみろ」

浪人が言い、ゆるりと正眼に構えた。

構えたと思うや、

「てい！」

突きを繰り出し、西尾が払う刀をかわして大きく振り上げ、打ち下ろした。

一瞬の隙を突かれた西尾が辛うじて刀で受けるが、乾いた音を発して、たたき折られた。

「くっ」

鍔から先を僅かに残し、見事に折られている。

「勝負あったな」

浪人が勝ち誇って言い、刀を振り上げた。

「死ね！」

西尾が覚悟を決めたその時、

「あたあ！」

と、裏返るような声がした直後に、斬ろうとしていた浪人が目を見開いた。

西尾が、股のあいだに違和感を覚えて見下ろすと、股間から六尺棒が出ている。その棒の先端は、見事に浪人の股間を突いている。

玉を潰された浪人は、刀を落として口から泡を噴き、気絶して崩れ落ちた。

股からするりと抜かれた棒を持っているのは、五味だ。

先ほどまでとは人が違ったように得意げな顔をして、やくざ者から奪った棒を頭の上で回転させている。

「我が宝蔵院流槍術(ほうぞういんりゅうそうじゅつ)の味はどうじゃ」

大げさな口調で言い放つと、十文字槍(じゅうもんじやり)ならぬただの棒を構えて、残っているやくざ者に猛然と向かう。

「あたあ！」

見事な槍さばきで刀を搦(から)め飛ばし、腹を突き、あるいは喉を突いて、三人を見る間に倒して見せた。

「残るは二人のみ、大人しく縛につくか！」

怒鳴る五味に、

「しゃらくせえ！」

丸二屋が叫び返し、背が高く体軀がいい浪人と入れ替わる。

目を細めて刀を抜いた浪人が、

「おう！」

身体に似合う大音声で気合をかけ、大上段に構えた。

一度右へ足を運び、すり足で前に出る。

これに応じた五味が、下がって間合いを空け、棒を構えた。

互いが隙を探るが、

「あたあ！」

先手を取って五味が棒を突き出すと、浪人が鋭く打ち下ろした。

音もなく、すぱっと、棒が切り飛ばされた。

五味が目を見張る間もなく、浪人が胴を払いに来たからたまらない。

「うお！」

五味は後ろに飛び、辛うじてかわした。

動きをぴたりと止めた浪人が、

「宝蔵院流、敗れたり」

と言い、不気味に笑う。

「ふん、どうかな」

短くなってしまった棒をにぎり直した五味が、ふてぶてしく言い放つ。

浪人が怒気を浮かべ、気合をかけて猛然と突く。鋭い切っ先を紙一重でかわした五味が敵の手首をつかみ、棒で頭を打った。

「うっ」

短く呻いた浪人が昏倒(こんとう)する。

「動くな！」

大声に五味が顔を向けると、丸二屋が火縄銃を構えていた。手下が戦っているあいだに、弾を込めていたのだ。

「少しでも動いたら、その間抜け面がもっと醜くなるぞ」

丸二屋は言いながら、じりじりと下がっていく。脅しておいて逃げるつもりだ。

「どこへ行く」

背後でした声に、丸二屋が振り向いた。

薄暗くなりつつある原に、一人の侍が立っている。

「誰だ！」

「………」

信平が無言で歩を進める。

「来るな、来ると撃つぞ！」

信平は歩を早めた。

丸二屋は、顔を引きつらせた。

「おのれ！」

筒先を向けた時、信平がくるりと舞ったように見えた。

野原に乾いた銃声が轟き、葦原から水鳥が飛び上がった。

信平と丸二屋は向かい合ったまま、ぴくりとも動かない。

「信平殿！」

五味が叫んだ。

「う、うぐ」

呻いたのは丸二屋だ。喉から血がほとばしり、仰向けに倒れた首には、深々と短刀が突き刺さっている。

信平は小袖の左袖から、隠し刀を投げていたのだ。

六

夕陽に紅く染まる葦原を左に見ながら、信平たち六人は深川に帰っていく。

怪我を負った矢島と西尾は、皆で手分けして肩を貸し、笑顔で歩いていた。

「すまなかったな、西尾」

矢島が、隣で信平に肩を借りている西尾に詫びた。

「おれはてっきり、おぬしが金のためにお駒を襲ったと思っていた」

「いや、あやまるのは、おれのほうだ。知らなかったとはいえ、金のために丸二屋の指図に従い、お駒さんの家に行ったのだから」

「だが、あの時おぬしがいてくれなかったら、お駒は殺されていた。そうだろう」

「それは、まあ」

「ともかくだ」

と、五味が二人のあいだに割って入り、

「御府内を騒がせていた殺し屋どもを一網打尽にできたのだから、お前たちには感謝する」

そう言うと、西尾を見た。

西尾はうつむき、五味に刀を預けようと差し出した。

五味は言う。

「つまらぬ仕事は、もうしないと約束してくれ」

西尾は驚いた顔で五味を見て、うつむく。

「約束する」

「では、刀を受け取る必要はない」

「それはつまり、西尾は罪に問わぬ、ということだな」

信平が念を押すと、五味がとぼけたようなおかめ顔をした。

「今日は十手を持っていませんし、先ほど見聞きしたことは、忘れましたよ。徳次郎、お前も十手を持っていないだろう?」

すると徳次郎が焦った。

「いけねえ、やくざもんに取られたままだ」

「馬鹿、早く取ってこい」

慌てて引き返した徳次郎は、倒れているやくざ者から十手を取り返して戻ってきた。

その徳次郎が言う。

「しかし、皆さんお強い。あっしは惚れ惚れしましたよ」

さすがは天下の関谷道場の門人だと、徳次郎が感心している。

「それに五味の旦那が、あんなにお強いとは」

「…………」

五味がむっとして睨んだ。

徳次郎が苦笑いで言う。

「だって旦那、この前やくざもんといざこざがあった時なんて、匕首で十手を飛ばされてたじゃありませんか。えらく弱いお人だと思ってましたが、いやあ、驚いた」

「おれも、やる時はやるさ」

五味は、徳次郎に褒められて嬉しそうだ。

二人の会話を微笑ましく見ていた矢島が、信平たちに言う。

「傷が治ったら、また四人で朝見へ行こうじゃないか」

「お、いいねえ」

弥三郎がすぐに乗ってきて、信平と西尾に賛同を促す。

「おれは、かまわぬが」

西尾が嬉しそうに言い、おぬしはどうだ、と、信平を見てきた。

「うむ。行こう」

信平が言うと、五味が振り向いた。

「信平殿、六人で、と言ってほしかったなぁ」

「うむ？」

「ああ、水くさいなぁ。今日のことは、この六人しか知らないことですから、秘密を持った者同士、仲良くしようじゃありませんか」

信平は笑った。

「では、六人で行こう」

五味が立ち止まり、皆の手を無理やり重ねさせた。

「よし、今日からおれたちは親友。隠しごとは一切なしにしましょう」

張り切る五味に、皆は白け気味だ。

五味が信平をじっと見つめて、

「約束ですよ、信平殿」

と言い、にんまりと笑った。

第五話　狐のちょうちん

一

男は、虫の声で目をさました。

たわわに実る稲に身を囲まれ、稲穂の先には、真っ青な空が見える。

「うわ！」

我に返り、声をあげて起きる。己がふんどし一丁であることに気付き、焦った顔で周囲を見回す。見えるのは田んぼばかりで、遠くに目を向ければ、こんもりと木が茂る丘がある。

頭も身体も夜露に濡れ、身につけていた物は何ひとつ見当たらない。

「あれは、夢か」

茫然とうずくまり、ゆうべのことを思い起こしてみる。

「いや、夢ではない。確かに、この手に女の感触が残っている」

男は両手を見つめた。

昨夜遅くのことである。

この男、伊予大洲藩六万石、加藤出羽守の家来久米八太郎は、蔵前で勘定方の役目を無事終えたことで気がゆるみ、寄り道をした。浅草にある馴染みの小料理屋で酒を飲み、すっかり日が暮れてから、浅草寺北側の道を通って藩邸に帰っていた。

元来の酒好きと、役目を終えた安心感からつい飲み過ぎてしまい、暗い道をふらふら歩いていると、

「もし、もし」

おなごに、背後から声をかけられた。

この道は、藩の者か、藩邸の隣にある寺に用がある者しか通らぬ。ましてこんな夜中におなごが歩いているとは珍しいと思いつつ振り向くと、

「暗い道は危のうございます。よろしければ、足下を照らしてさしあげましょう」

遠慮しようとした八太郎は、女の美しさに息を呑み、見とれた。

女は微笑んで歩み寄り、ちょうちんで足下を照らした。流し目を向けた女に促され

るまま、八太郎は歩みを進める。

女は気づかうように足下に視線を落とし、ゆるりとした足取りで歩む。その姿といい、ちょうちんの淡い光に浮かぶ横顔といい、

(この世の物とは思えぬ美しさ)

月明かりに浮かぶ浅草寺の輪郭が目に入り、八太郎は喉を鳴らして唾を呑んだ。

「ま、まさか」

まるで菩薩のような女を前にして、浅草寺本尊の聖観音菩薩の化身かと、一瞬思ったのである。

誘われるようにちょうちんの明かりに付いて行くと、いつの間にか田んぼに囲まれた田舎道を歩んでいることに気付き、

「すまぬ、藩邸はこちらではないのだ」

どこに帰るか言っていなかったことを詫び、背を向けたところで女に引き止められた。

「少し休んで行かれませぬか」

そう言われて振り向くと、いつの間にか、女の背後に家があるではないか。しかも、桜色のちょうちんが入り口を照らし、なんとも妖艶な雰囲気である。

女を見て、八太郎はまた、ごくりと喉を鳴らした。

八太郎は独り身の若者だ。科(しな)をつくった美人に誘われて大いに期待し、まるで見えない糸で手繰り寄せられるように、付いて行った。

(あの後確かに、女と床を共にしたはず)

田んぼの中に裸でうずくまる八太郎は、もう一度、女に引かれた手の感触が残る両手を見つめた。

稲穂がそよぎ、肌寒い風に頭を冷やされた八太郎は、重大なことを思い出し、あたりを這い回った。

「し、しまった」

着ていた着物はどうでもいい。先祖伝来の名刀長光(ながみつ)を盗られてもかまわない。だが、

「証文が……、ない」

これだけは、命にかえても守らねばならぬ。なくせば藩の一大事、八太郎の切腹だけでは、ことがすまぬ。

「この、たわけ!」

藩邸に戻り、ふんどし一丁で土下座する八太郎の前で、顔を真っ赤にして仁王立ち

して怒鳴るのは、大洲藩勘定組頭の大津弘道だ。

「どうするのじゃ、五千両ぞ！」

八太郎がなくした物とは、藩が札差より借用していた一万両のうちの、半分の額を返金した証文だ。

「それがしの命をもって、お詫び申し上げます。脇差しを拝借」

「汚い手で触るでない！」

伸ばした八太郎の手を払った大津が怒鳴った。

下がって泣きっ面をする八太郎に、大津が言う。

「泣きたいのはわしのほうじゃ。貴様のちっぽけな命を絶ったとて、なんにもならぬわ」

「し、しかし」

「死ぬ覚悟なら、江戸中を駆けずり回って証文を探せ！」

「はは」

「殿が国許からお戻りあそばすのは一月後だ。それまでに見つからなければ、わしもお前と共に腹を切って詫びる」

「大津様……」

「よいな、必ず見つけるのだぞ」

「はは」

八太郎は急いで長屋に戻り、古着を着て江戸市中に走り出た。

二

この日、鷹司松平信平は、道場の仲間に誘われて、門前町に新しくできためし屋に来ていた。

鶏肉とごぼうの炊き込みご飯が評判らしく、店は繁盛している。

「鶏飯と酒を頼む」

「おれも同じ物を頼む」

「で、今の話はほんとうなのかい」

「ああ、嘘じゃねえ。あれはきっと、狐の仕業だぜ。えらいべっぴんらしいからよ、人じゃねえって噂だ」

隣の席で語り合う大工たちの話に聞き耳を立てていた矢島大輝が、さりげない仕草でその場を離れ、戻ってきた。

「おもしろそうな話だったのか」

信平の隣に座る新田四郎が訊くと、

「お前には毒だ」

と、矢島はにやりと笑い、聞いたことを教えた。

新田四郎は関谷道場の門人だが、一月に四度ほどしか顔を出さない。七百石旗本の跡取りで、父親と関谷天甲が親しい縁で、屋敷がある湯島から舟で通ってくる。

新田は食いしん坊で、身体も大きい。日進月歩で開けていく深川に来ては、何か美味しい物を食べさせる店はできていないのかと言い、剣術を学びに来ているのか、食べ物を探しに来ているのか分からないと、皆にからかわれたりもするほどだ。

そんな新田のために、矢島の案内でこの元庵の暖簾を潜ったのだが、そこで、おもしろい話を聞いたのである。

「狐のちょうちんだと？」

「馬鹿、声がでかい」

矢島が慌てたが、野太い新田の声は店に響く。

大工たちが不快そうな目を向けてきた。新田はその大工たちに顔を向け、

「兄さんたち、狐の話を、詳しく教えてくれねぇか」

伝法な口調で、にやにやして言う。

店の小女が持ってきた酒のちろりを持って行き、さあさあさあ、と言って注いでやると、大工たちも悪い気はしないものだから、知っていることを話した。

そしてしまいには、皆で酒盛りとなり、面妖な狐のちょうちんのことで話が弾んだ。

大工の話によると、浅草の蠟燭問屋の手代が、下谷の寺に注文の品を届けた帰り道に、ちょうちんを持った女に声をかけられ、誘われるまま付いて行ったのだが、朝目がさめると、田んぼの中で寝ていたらしい。

酔って赤い顔をした大工が言う。

「これがまたいい女だったらしくって、手代の奴、店の金を取られてこっぴどく叱られたというのに、嬉しそうな顔してやがったらしいですよ。よっぽどいい思いをしたんでしょうな。うらやましい」

新田が鼻の穴を膨らませて、目をぎらぎらと輝かせている。

信平はその顔を見ながら、

（猿のような……）

と、思っていた。

「なあ、信平」

その猿から、

「一度行ってみるか、どうだ」

と、誘われた。

矢島は、お駒という恋女房がいるからだめだと、誘いを断ったのである。

夏に起きた葦原の斬り合いのあと、矢島が生きて戻ったことで、兄の基休は善衛門との約束を守り、二人の仲を認めたのだ。矢島は浪人の身となったのであるが、関谷道場の師範代をしながら、お駒と共に、仲良く暮らしている。

「なあ、信平、行ってみようではないか」

「ふむ……」

新田に誘われた信平が返事に困っていると、

「あ、だめですよ旦那。一人じゃないと、出てこないらしいですぜ」

別の大工が教えた。

新田が驚いた顔を向ける。

「そうなのか？」

「ええ、そういう噂です。あと、貧乏人が分かるらしくってね、あっしらみたいなのが何べん行こうが、出てきやせん。なあ、ごん助(すけ)」

赤い顔の大工が大きくうなずく。

「そうですとも。あとね、大事なもんは置いて行こうなんて、しみったれたことを考えてたら、出ないらしいですよ」

新田が鼻白(はなじろ)む。

「すべてお見通しというわけか」

「不思議でしょう。だから狐の仕業と言われてるんで」

「ふうん」

「馬鹿馬鹿しい」

そんなことがあるものか、と、矢島が笑った。神仏を信じぬ矢島らしい態度だが、狐丸を腰に下げる信平は、少しばかりこの噂に興味を持って聞いていた。

(刀鍛冶の相槌を打つ狐がいるのだから、人を化かす狐もいるかもしれぬ)

本気でそう思っているのである。

「よし、決めた」

新田が膝をたたいて、

「おれがその正体を暴いてやる。どうだ、その女が狐か泥棒か、賭けぬか」

信平と矢島を交互に見て、誘った。

「おもしろい。おれは泥棒に一分だ」

矢島が言い、信平に振ってきた。

「では、麿は狐に賭けよう」

「おれも狐だ」

新田が言うと、

「よし、もらった」

矢島が泥棒と決めつけて、儲かったと喜んでいる。

大工たちは賭けには参加せずに、どうなるのか楽しみだと、期待に胸を膨らませていた。

三

信平が皆と別れて屋敷に帰ると、客が来ていた。

信平を出迎えたお初が、葉山善衛門を訪ねて若い侍が来ていると言う。

表の戸口から入り、客間に行くと、二人は向き合って話していた。

「殿、お帰りなさい」

気付いた善衛門が膝を転じて言うと、若い侍が信平を見て、驚いたような顔をしている。

長い髪を後ろでひとつに束ね、若衆髷にした信平は、今日は柿色の単衣の上に白の狩衣を着て、すみれ色の指貫を穿いている。

地味をよしとする武士にとっては考えられぬ色使いの衣装だが、この信平が着ると嫌味なく、見る者の目を引きつけるのだ。

「先ほど話した、鷹司松平信平様じゃ」

「はは」

善衛門が言うと、若い侍は平身低頭した。

「大洲藩主、加藤出羽守に仕える久米八太郎と申します。以後、お見知りおきのほどを」

「どうぞ、お楽に」

頭を上げさせると、信平は目礼をして、自室に戻ろうとした。

善衛門が言う。

「殿も、よろしければ話を聞いてやってくださらぬか」

「うん？」

「八太郎の父親とは碁敵ゆえ、生まれた時から知っておりましてな。わざわざこの年寄りの顔を見に来てくれたのかと思えば、ちと、不可解なことを申すものですから」

「聞こう」

善衛門の尋常ならざる様子に、信平は上座に入り、二人と向き合って座した。

善衛門が八太郎に向き、

「わしにした話をもう一度、殿に聞いていただけ」

と言うと、応じた八太郎は、神妙な顔で口を開いた。

「これに似た話を、先ほどめし屋で聞いたばかりだ」

浅草田んぼで起きたことを聞いた信平は、二人に言う。

蠟燭問屋の手代の話を伝えると、八太郎が目を丸くした。

「狐？　ですか……」

物の怪の仕業ではないかという話に、がっくりと肩を落として言う。

「その噂どおり、この世の物とは思えぬほど、美しいおなごでした。わたしには、狐ではなく菩薩に見えましたが」

「菩薩が、身ぐるみをはがしたりはするまい」

信平が言い、続けて質問をした。

「その証文が見つからねば、どうなるのだ」

「札差に五千両を返金した証を失ったことになり、残りの五千両を返しても、借用証を返してもらえないのです」

借りた一万両を二度に分割して返金するため、返金を終えた証文が二枚揃っていなければならないのだ。

「一月後には、残りの五千両を携えた殿が、国許から戻られます。その時に証文と五千両を札差に持って行くことになっていますから、それまでに探し出さねば……」

八太郎は口ごもり、下を向いてしまった。

「どうなるのだ」

問う信平に、八太郎はうな垂れたまま、力のない声で言う。

「わたしは切腹となります。いえ、わたしの命などどうでもよいのです。上役の大津様まで切腹になるのは、忍びなく……」

「そこで、なんとか大津殿の命を救ってくれと、この老いぼれを頼ってきたというわけです」

善衛門は困ったと言いつつ、頼られて嬉しそうだ。当てがあるのか信平が訊くと、善衛門が渋い顔をする。

「出羽守殿はまれに見る名君でございまして、正直に打ち明ければ命までは取られぬでしょうが、問題は家老たちでして、特に……」

善衛門は八太郎に顔を向けた。

「おい、なんと申したか、あの強突く張りは」

「江戸筆頭家老の、古村様のことでしょうか」

「そう、古村じゃ、あの男が許すまい」

善衛門が本丸御殿で家光の世話をしていた頃、久米家を訪ねた折に古村とは一度だけ会ったことがあり、顔と評判を知っているという。

「けちで強欲で、人に厳しい。そうであるな」

善衛門が確かめると、八太郎はうなずいた。

信平が八太郎に訊く。

「その古村某には、まだ知られていないのか」

「こたびは、殿と共に国許へ帰っております。ただ、次席家老の三田貞篤様のお耳には入っております」

信平はうなずく。

「して、三田殿はどのように申した」

「このことは、三人だけの秘密にしておく。殿が戻られるまでに探し出せば、不問にすると」

「そうか」

「なんとも、慈悲深いお方じゃのう」

善衛門が感心して言うが、信平の考えは違っていた。

「その反面、藩の者を頼れぬ、ということであろう」

「はい」

善衛門が、気を落とす八太郎の肩をたたき、

「ぎりぎりまで、あきらめずに探してみよ。わしも手を貸すゆえ、安心いたせ」

と言って、信平を見てきた。

助太刀を願う目顔に、信平はうなずく。

「麿も、力になろう」

「あ、ありがとうございます」

八太郎は喜び、女を捜しに行くと言って頭を下げ、帰っていった。

見送りは善衛門にまかせ、信平は自室に入った。

お初が持ってきてくれた茶を飲み、考えをめぐらす。

「お初、今の話を、聞いていたのであろう」

「はい」

「どのように思った」

「……さあ、分かりませぬ」

「噂どおり、狐の仕業であろうか」

「信平様は先ほど、そのような物は、身ぐるみをはがしたりはせぬと仰せでしたが」

「それは、菩薩様であればのことじゃ」

「では、狐の仕業と、本気でお思いですか」

「ふむ……」

信平は、刀掛けに置いた狐丸を見る。

「ないとは、言えぬな。時に、この世には不思議なこともあるのだ」

「………」

お初は何も言わず、信平が見つめる狐丸に目線を向けた。

戻ってきた善衛門が、二人で何を見ているのかと言いつつ、庭を背にして座る。

「殿」

「うん？」

「明日一日、お暇をいただきとうござる」

「何をするつもりじゃ」

「浅草周辺の刀剣屋と、質屋を歩いてみようと思います」

「そこに何がある」

「八太郎は久米家伝来の備前長光を奪われておりますから、売って金にしてはおるまいかと。もし見つかれば、盗っ人のことが何か分かるかもしれませぬ」

「では、麿も行こう」

「はは」

その言葉を待ってましたとばかりに、善衛門が威勢よく答えた。

浅草に行ったことがない信平は、好奇心を刺激されて、目を輝かせた。

四

信平が善衛門と出かけた同じ日、深川より遠く離れた赤坂の藩邸では、

「姫様」

「姫様！」

侍女たちが口々に言いながら、焦った様子で御殿の廊下を走っている。

その廊下の外には広大な日本庭園があり、池のほとりに立つ松の大木が、見事な枝ぶりを見せている。

庭の森に姫を呼ぶ声が重なり、木々のあいだに、人探しをする家来たちが見え隠れしている。

「おられたか」

「いえ見当たりませぬ」

せわしく言葉を交わし、姿を消した姫を捜して歩き回っているのだ。

屋敷が大騒動になっているその頃、浅草寺の本堂に手を合わせる娘がいた。

長い祈りを捧げた娘が、静かに息を吐いて下がると、

「姫様、お待ちください」

隣で共に祈りを捧げていた若い侍女が後を追う。

「姫様……」

すると、姫と呼ばれた娘は慌ててあたりを気にして、侍女に言う。

「糸、その呼び方をしてはなりませぬ。人が見ています」

「申しわけございません姫……。いえ、その、なんとお呼びすれば」

「松でよい」

「はい、では、お松様」

「様はいらぬ」

「呼び捨てなど、とんでもないことです」

「とにかく、姫と言うてはならぬ。今はこのとおり、町娘じゃ」

にこりと笑う松姫が、白地に紅い牡丹の柄が雅な振袖を振って見せた。一本の乱れもない髷に差した紅珊瑚の簪と蒔絵櫛が、曇りなき乙女の瞳に花を添えている。

侍女の竹島糸は不安そうな顔をした。紀州徳川家の姫が、藩主頼宣の外出禁止命令を破って屋敷の外に出ているのだから無理もない。

松姫の実父である頼宣はともかく、姫がこのように江戸市中を出歩いているなどということが鷹司家に知られでもしたら心証が悪くなる。

松姫と信平がすでに夫婦であることを知っている糸はそう思い、不安でたまらないのだ。

「糸、そなたも今はわらわの侍女ではなく、町娘であるぞ。そのように難しい顔をするでない」

「……はい」

「そうじゃ。糸、わらわは今から、桔梗屋の娘になるぞ」

「桔梗屋の？」

「お松と呼べぬなら、わらわのことをお嬢様と呼ぶがよいぞ」

嬉しげに言う松姫は、軽やかな足取りで歩み、意気揚々と、浅草寺門前を行き交う人混みの中へ入っていく。

後を追う糸は、通りの向こう側に桔梗屋の看板を見つけて、姫の思いつきには付いて行けぬとばかりに、小さなため息をついた。

その姫が、ふと、足を止めた。何かを見つけたのか、人の背中を追うように顔を向けている。

「お嬢様、いかがされましたか」

松姫は返事もせず、何かに引かれるように歩みだした。

「お嬢様？」

松姫の背中を追った糸の目に、白い狩衣に立烏帽子の後ろ姿が映えた。松姫は、その公家を追っている。

信平が狩衣姿で町を出歩いていることは、紀州徳川家の者は皆知っている。ただ、あるじ頼宣が信平を疎(うと)んじていると信じている家臣たちのあいだでは、

「まるで化け物のような男」

そう噂され、その噂は、松姫の耳にも届いていた。

大勢の人が行き交う町の通りを堂々と歩く公家の男を見つけた松姫は、我が夫と思い込み、噂どおりの化け物であるのかを、自分の目で見ようとしているのではないか。

気になった糸は、後ろから話しかけた。

「お嬢様、噂の鷹司様でありましょうか」

「静かに！」

「はい」

やはりあの公家を追っている。糸は、黙って松姫に従った。

颯爽(さっそう)と歩む公家の男が、ふと、立ち止まった。五重塔を見上げている。横顔だけではっきり見ようと近づくが、また背を向け、参道を戻って門前に出た。通りを横切り、蔵前(くらまえ)の方角へ歩みを進めたが、町角にあるだんご屋の前で立ち止まり、中の様子

をうかがいだした。

松姫はそこでようやく追い付き、歩みを遅くして、探るように近づいて行く。だが、いざとなったら怖気づいたのか、立ち止まってしまった。

「お嬢様、この糸が声をおかけしますから、ここからご覧になってください」

「いや、わらわが話しかける」

意を決した松姫が歩み寄る。声をかけようとしたその時、背後にただならぬ気配を感じたのか、公家の男が振り向いた。

松姫は思わず両手で口を塞ぎ、出そうになる声を必死にこらえた。

「ふんがぁっ！」

奇妙な声を出したのは、糸のほうだ。

松姫の前に立つ公家の顔は、脂で白粉の乗りが悪くむらになっていて、すっかり剃り落とされた眉の上に、墨で高眉が書かれている。開けているのか寝ているのか分からぬ目で松姫を見るや、鉄漿を出してにやりとした。

「これ娘、麿に何か用でおじゃるか」

そのあまりの醜さに、松姫は気絶寸前だ。助けねばと、糸が前に出る。

「申しわけございませぬ。さ、お嬢様、行きますよ」

茫然とする松姫の手を引っ張り、糸は足早に離れた。商家の角を曲がったところで止まり、物陰からそっと顔をのぞかせると、公家の男は何ごともなかったように歩きだしていた。

「公家とは、あのような化粧をしておるのか」

この世の終わりのような顔をして、松姫が言う。

「ひ、姫、お気を確かに。あの化け物……、いえ、あのお方が鷹司様かどうかは、分かりませぬのですから」

「しかし糸、あの化粧……、公家は殿方でも化粧をするのだと、父上がおっしゃっていたではないか」

「それは、まあ」

糸はどのように慰めたらよいのか分からなくなり、

「さ、もう御屋敷に戻りましょう。市中にいても、よいことはありませぬから」

手を取り、通りに出ようとしたが、松姫は一歩も動かなかった。

「姫？」

糸は血相を変えた。

「姫、いかがされましたか、姫」

「うぅ」

松姫が真っ青な顔をして、腹を押さえている。

「姫、お腹が痛いのですか」

「驚いたせいか、急にこのあたりが……」

菊をあしらった帯留めを手で押さえた松姫が、眉根を寄せて言う。

焦った糸が、助けを求めて叫ぼうとした時、

「いかがされた」

背後から声をかけられ、

「姫、いえ、お嬢様が、急に……」

振り向いた糸が、瞠目して息を呑んだ。

若衆髷に白い狩衣を着た男が、腹を抱えてうずくまる松姫の肩に、手を差し伸べていたからだ。

「腹が、痛いのか」

その者は優しい声音で呼びかけたが、松姫が答えないので糸に顔を上げた。

「いつからだ」

「………」

訊かれた糸は、その美しい顔にうっとりするばかりで答えない。

「つい、さきほど、から」

松姫が苦しげな声で言うと、

「そうか」

応じた男が、背後の老武士に言う。

「善衛門、腹痛の薬を出してくれぬか」

「お待ちくだされ」

公家は糸に顔を向ける。

「そなたは水を頼む」

言われた糸は、弾かれたように通りへ出ると、先ほどのだんご屋に走った。

糸が水をもらって戻ると、老武士が印籠から粒薬を出し、公家に渡した。

「さ、これを三粒飲みなさい。すぐ楽になる」

手から手に黒い粒薬を渡し、松姫が口に含むと、公家は糸から湯飲みを受け取り、松姫の口元に近づけた。

松姫は水を飲み、辛そうな顔をする。

それを見た公家が、糸に顔を向けた。

「少し、どこかで休んだほうがよい」

「でしたら、この先にだんご屋が」

糸が言うと、公家の男はうなずき、軽々と松姫を抱き上げた。

「案内いたせ」

「こ、こちらです」

糸は先に行き、だんご屋のあるじに事情を話した。

あるじは、

「それはお気の毒に」

と応じてくれ、奥の座敷で休ませてもらえることになった。

そっと下ろされた松姫は、腹を押さえて大きな息を吐いた。

「すまぬ。痛かったか」

公家の男に言われて、松姫は首を横に振る。

「ありがとうございました」

「では、我らは先を急ぐゆえこれで」

公家の男が言い、その場を立ち去ろうとしたのを、姫が慌てて呼び止めた。

「あの……、お名前を」

「名乗るほどのことはしておらぬ」

そう言われて、松姫は訊けなくなった。

糸がかわって言う。

「お願いにございます。お名前をお教えください」

公家は戸惑った顔をしたが、松姫を見た。

「松平と申す」

「松平、様」

「では」

背を返す信平に、松姫は声をかけることができないでいる。偶然町で出会った我が夫のあまりの美しさに、声をかける勇気を失っていたのだ。

「姫、もしやあのお方は……」

糸が、恐る恐る声をかけると、松姫は起き上がった。

「糸も、そう思いましたか」

「はい。狩衣をお召しになった松平様といえば、信平様しかおられませぬ。ああ、なんて美しいお方なのでしょう。しかも、お優しい。姫をこう軽々と抱き上げられて……」

糸が姫を抱く真似をして、

「案内いたせ」

と、声音まで変えて言い、うっとりとしている。

松姫は、先ほど信平の腕に抱かれたことを思い出し、真っ赤になった顔を振袖で隠した。

五

「殿、いかがされたのです、ぼぉっとされて」

善衛門に指摘されて、信平は我に返った。浅草で助けたおなごの感触が手に残り、甘い香りがまだ鼻に残っている気がする。

遠くを見つめる信平の顔を、善衛門がのぞき込む。

「美しい娘でしたからなぁ」

「うん？」

「昼間に浅草で助けた娘のことを考えておられたのでは？」

「…………」

図星を突かれ、信平は顔が熱くなった。

「わぁっはっはぁ、無理もない無理もない、年頃の男が、おなごをこうして抱いたのですから」

善衛門はそう言いながら、両手でおなごを抱き上げた真似をして喜んでいる。

「殿の奥方様も、あのように見目麗しきおなごであればよいですなぁ」

「そのようなこと、考えてはおらぬ」

「まことに？」

「まだ見ぬ妻のことを考えたとて、どうにもならぬことじゃ」

「そうでござるな。何せ松姫様は、あの頼宣公のご息女」

期待するな、と言われた気がした信平の脳裏に、本丸御殿で初対面した頼宣の顔が浮かんだ。同じ顔の姫が振袖を着ている姿を想像してしまい、頭を振って脳裏に浮かぶ恐ろしき光景を消すと、前に置かれた刀に手を伸ばした。今は、おなごのことを考えている場合ではない。

「この備前長光は、八太郎の物であろうか」

話題を変えると、善衛門もすぐに応じた。

「間違いありますまい」

あれから探し回り、帰り間際に立ち寄った浅草の質屋に、この長光があった。店主が言うには、質に入れられたのは、八太郎が狐に化かされた日の翌日である。持ってきたのは無頼者の男で、初めてではなく、他にも何点か、持ち込んでいるらしかった。

信平は懐紙を口にくわえ、長光を引き抜いた。

手入れが行き届いており、刀身に錆の染みひとつない。

碁敵の倅のためならと、善衛門が大枚八十両をはたいて取り戻したのだが、これが八太郎の物であるかは、まだ分からない。

「明日になれば、はっきりしましょう」

善衛門は明日、八太郎を手伝う約束をしている。二人で札差の仙石屋を訪ねて事情を話し、もう一度証文を書いてくれと、頼むつもりなのだ。

刀を鞘に納めた信平は、善衛門に返した。

受け取った善衛門が、刀を見ながら言う。

「この長光を質に入れた無頼者が狐の一味ならば、奴らにとってはなんの価値もない証文など持ってはおりますまい」

今頃はどこかに破り捨てていると、善衛門は付け加えた。

翌日、浅草に出かける善衛門と別れて、信平は道場に向かった。札差の所へ共に行こうかと言ったが、鷹司松平家の当主が大名家の借財のことで頭を下げるなどもってのほか、と叱られ、それもそうだと思い直して、道場に行くことにしたのだ。

関谷道場は相変わらずの盛況ぶりだ。

気合と木刀がぶつかる音が響く稽古場に入ると、誰かに袖を引っ張られた。振り向くと、矢島が顔を貸せと顎を振る。

応じて稽古場から出ると、矢島が薄笑いを浮かべて言った。

「今日は稽古に来ると言っていた新田が来ていない。あいつ、やられたんじゃないか」

「しまった」

「しまったとは、どういう意味だ」

「おなご一人の仕業ではないかもしれぬのだ」

信平は、奪われた刀が質屋に入れられていたことを話した。

矢島が納得する。

「なるほど、仲間がいるってことか」

「おそらく……」

二人が話しているところに、ふらりと新田が姿を現した。

信平と矢島が見ていることに気付き、歩み寄りながら言う。

「二人とも狐につままれたような顔をして、どうした」

矢島が新田の両肩をつかんだ。

「無事か」

「なんだ、いきなり」

「稽古場に姿がなかったから、例の浅草狐に化かされて、寝込んでいるのかと思ったぞ」

矢島がからかうように言うと、新田が急に目をそらし、そそくさとその場から離れようとした。

「おい、図星か」

矢島が引き止めて問い詰めると、新田がうな垂れた。

「まさかお前、やられたのか」

新田は、無言でうなずいた。

矢島は吹き出しそうになる口を手で押さえて、信平に目を向ける。

それを見た新田が、

「笑いたければ笑え」

ふて腐れて行こうとするのを、今度は信平が引き止めた。

「どのような目に遭ったのか、詳しく聞かせてくれぬか」

新田は動揺した。

「こんな所で話せるか」

「では、昼に朝見へ行こう」

「朝見か。おれは夏から行ってないが、顔を出しているのか」

矢島に言われた信平は、夏の件以来、時々足を運んでいることを白状した。

すると矢島が、疑う目をして言う。

「この野郎、女将といい思いをしているな」

信平は笑った。

「馬鹿を申すな。酒の飲み方を教わっているだけだ」

「ますます怪しい。酒に飲み方などあるものか、苦しい言いわけをするな」

「嘘ではない」

「まあいい、後でおれが確かめてやる」

などと矢島が息巻いているが、ほんとうのことを述べている信平に動揺はない。

三人で朝見を訪れたのは、昼過ぎのことだ。

「まあ、矢島様、お久しぶりですねえ」

迎えた女将の艶やかさに、信平のことを訊くと言っていた矢島はすっかり舞い上がり、恋女房は息災かと逆に質問されて、顔を赤くしていた。

軽い食事を出してもらい、信平が新田に酒をすすめる。

一息に盃を空けた新田が酌を返すと、信平は静かに飲み干した。

「ほう、夏よりさまになっているな」

矢島が言うので、まだまだ弱いと言った信平が盃を置き、新田に顔を向ける。

「して、狐とは、どのようになったのだ」

「うん……」

新田は酒を一口飲み、神妙な顔をして答えた。

一昨日の夜、新田は一人で浅草寺の周囲をうろついてみたらしい。一刻（約二時間）粘ったが何も起きないため、あきらめて帰ろうとした。暗闇にぽっと明かりが浮いたのは、そんな時だった。

「もし、もし」

女に声をかけられた新田は、噂どおりの美貌にすっかり我を失い、付いて行ったという。

「それで、どうなったのだ」

矢島が身を乗り出して訊く。

「気付いたら、田んぼの中だった。素っ裸でな」

一瞬間が空き、矢島が大笑いした。

「おう、笑え笑え」

新田がふて腐れて酒をあおり、

「取られたのは錆が浮いた安物の刀と、二両だけだ、惜しくはない。だけどな、噂どおりの、いい女だったぜ」

と、自慢する。

「なんだと」

矢島が、胸ぐらをつかまんばかりに迫る。

「お前、狐と寝たのか」

「狐なものか。あれは、見目麗しきおなごだ」

新田はうっとりした顔で言う。

矢島に手を差し出された新田が、問う顔を上げる。

「なんだ」

「たった今、人だと言っただろう。賭けはおれの勝ちだ」

「あっ」

「一分出しな。信平もだぞ」

二人から一分ずつ受け取った矢島が、今夜は恋女房に旨い物を食べさせてやると言って喜んだ。

「他に、何か気付いたことはないのか」

信平が訊くと、新田は真面目な顔となり、

「……さあ」

と、間抜けな声を出した。

聞けば、布団に入ったところまでは覚えているが、いつ眠り、いつ外に放り出されたのか覚えていないという。

「何をどうされたのか、まったく覚えておらぬのか」

訊く信平に、新田はうなずいて言う。

「昨日は明るいうちに浅草田んぼに行ってみたのだが、同じような茶屋があるばかりで、どこに入ったのか分からぬ」

「おそらくそうであろう。被害に遭ったという侍が必死で訊いて回っていたから、あのあたりの茶屋に連れ込まれたのだ」

その侍は、おそらく八太郎だろうと、信平は思った。

「酒に眠り薬でも入れたか」

矢島が言うと、新田は顔を横に振った。

「いや、女も同じ酒器を使ったから、それはあるまい」

落ち込むというよりむしろ自慢げに言う新田を見て、矢島は呆れている。

蠟燭問屋の手代もそうであったように、被害に遭った男が自慢したくなるほど、もてなし上手の女なのだろう。

信平が夕刻屋敷へ帰ると、程なくして善衛門も帰ってきた。帰ってきたが、すこぶる不機嫌であり、口をむにむにとやりながら、一人で小言を並べている。

信平はそんな善衛門に、備前長光は八太郎の物ではなかったのか訊いた。

すると善衛門は、小言をやめて信平に向く。

「いえ、八太郎の刀でした」

「では、札差に断られたか」

「そうなのです。仙石屋のあるじめ、涼しい顔をして、五千両は受け取っていないと、こう申すのです。五両ならともかく、荷車を横付けして千両箱を五つも運び込んでいるというのに、店の者も、誰もが知らぬと口を合わせるのです。妙だと思いませぬか」

「して、いかがした」

「ならば運搬に雇った人足を証人にと思い、八太郎が使った口入れ屋に走りましたが、口入れ屋は口入れ屋で、そのような人足はいないと言い張るのです。それがし思うに、あの狐のちょうちんなる出来事は、実は仙石屋の仕業ではないかと思うのですが、殿は今の話を聞いて、どう思われますか」

「確かにそう考えられるが、証がないのであろう」

「さよう。証文も記憶もないのですから、八太郎に勝ち目はございませぬ」

これでは腹を切ることになる、と、善衛門は焦っている。

連日被害者が出ているが、誰もはっきり覚えておらぬため役人に届けていない。まして八太郎のように武家の者は、恥を恐れて口を閉じている者がほとんどだ。

善衛門が言う。

「あの仙石屋の、武士を武士とも思わぬ高慢な態度は、腹に据えかねます。腹を切ることになるのだと申したら、知らぬことだと、鼻で笑いよった」

よほど腹が立ったのだろう。仙石屋の仕業に違いないと何度も言い、口のむにむにが酷い。

そんな善衛門に、信平は疑問をぶつける。

「仙石屋の仕業に、間違いないのだろうか」

「まさか殿は、八太郎が嘘を申しているとお思いか」

「いや、そうではない」

「仙石屋の仕業に決まっておりますぞ。証文を奪い、返したはずの五千両は蔵に隠しているに違いないのです」

「では、証拠を手に入れに行くか」

「なんと申されます」

「八太郎から刀を奪った者どもを捕らえるのじゃ」

「いけませぬ。殿に何かあれば、それこそ一大事」

「では、八太郎が腹を切ってもよいのか」

「それは……」

「八太郎は藩の助けも得られず、一人で苦しんでおるのだろう」

「ちと、気になることがある。これより八太郎の元へ行き、確かめてもらえぬか」

信平は善衛門にあれこれ指示を出し、続いて、お初を呼んだ。

静かに正座したお初は、信平の頼みを聞いて、

「お力になりましょう」

力強くうなずき、すぐさま出かけていった。

六

その夜は月が美しく、庭では松虫がよく鳴いていた。

蠟燭の明かりが、見事な墨絵が描かれた襖に映る二つの影を揺り動かしている。

出された膳の料理を黙然とつつき、箸を忙しく口に運ぶ二人の男は、廊下に現れた一人の商人に気付くと、箸を止めた。

上座に座る男が、黙って頭を下げる商人を見据え、膳の盃を差し出して言う。

「仙石屋、まずは飲め」

「はい、では、頂戴します」

「は、はい」

朱色の小さなひょうたんから酒を注がれると、仙石屋は押しいただくようにして、口に流し込んだ。

男がひょうたんを持ったまま言う。

「例のこと、まことにうまくいくのであろうな」

「ご心配なく。世間は、狐の仕業だと噂しているようで」

「うむ、それは好都合じゃ」

「はい。しかし、よい手を考えられましたな。三田様」

仙石屋に褒められた三田貞篤が、悪い顔で笑った。ひょうたんの酒をふたたび注いでやりながら言う。

「そうであろう。まあ飲め」

仙石屋は盃の手を止め、思い出したように言う。

「狐どもは先夜（せんや）、どこぞの蠟燭問屋の手代を騙して、思わぬ大金を手に入れたと喜んでおりました」

「うむ、そうか」

すると、仙石屋が心配そうに言う。

「町で噂になっているようですから、そろそろやめさせませぬと、町方に嗅ぎつけられますと厄介なことになりませぬか」

三田は余裕の笑みを浮かべた。

「まあ、今のうちに稼がせてやれ。あと十日もすれば、例の五千両は我らの物になる。さすれば、あの者たちは用ずみ。あの世に旅立つまで、しっかり遊ばせてやるがよい」

「はは、承知いたしました」

三田は酒を飲み、盃を膳に戻して、下座に控えている配下に顔を向ける。

「大津よ、久米はどうしておる。まだ証文を探しておるのか」

「はい、市中を駆けずり回っているようです」

「奴も残り十日の命じゃ。証文探しなど、さっさとあきらめさせろ。腹を切らせる前に、女でも抱かせてやったらどうじゃ」

「あの者には証文をなくした罪だけではなく、五千両を着服した罪も被ってもらわねばなりませぬゆえ、まだまだ追い詰めまする」

「久米も、悪い上役を持って哀れよの」

三田がそう言うと、大津は意地の悪い笑みを浮かべた。

仙石屋が口を挟む。

「大津様、そのことでしたら、うまく事が運んでおりますぞ」

大津が表情を明るくした。

「来たか、おぬしの所に」

「はい」

仙石屋が続ける。

「久米殿が爺(じじい)を連れて、証文をふたたび書いてくれと頼みに来ましたから、金など受け取っていないと言い、追い返してやりました」

三田が驚いた。

「仙石屋、そのようなことを申して、大丈夫なのか」

「はい。これは、大津様の筋書きどおりのことでございますよ」

「何、大津の?」

「さようでございます。店の者も、荷を運んだ人足たちも皆、金など知らぬ、運んではおらぬで通したところ、久米殿は、狐につままれたような顔をして帰っていきました。これで、久米殿が五千両を着服したことになりますぞ」

「なるほど。二人とも、ようやってくれた」

「はは」

「しかし大津、久米といた爺が気になる。何者であろうか」

「久米の知り合いに、たいした人物はおりませぬ」

大津が言うと、三田は安堵してうなずき、仙石屋の酌を受けた。

酒を注ぎ終えた仙石屋が言う。

「仕込みは万端。後は、殿様がお戻りになるのを待つだけにございます」

三田はくつくつと笑った。

「五千両が我らの物になるか。楽しみじゃの」

仙石屋が相槌を打ち、

「果報は寝て待てと申します。今宵は綺麗どころを揃えておりますから、お二人とも、たっぷりとお楽しみください」

抜け目のない表情で言うと、外障子に向かって手を打ち鳴らした。

廊下に数名の芸者が流れるように姿を現し、その場にぱっと花が咲く。

隣の部屋には、女中に化けたお初が潜んでいるが、これに気付く者は、誰一人としていなかった。

七

「なるほど、そういうことか」

信平は、朝になって戻ってきたお初から話を聞き、八太郎を案じた。周到に計画された悪事の罪を着せられようとしているのだ。

「さて、どうするか」

思案した信平は、程なくある考えに至り、急いで書状をしたためた。

「お初」

「はい」

「麿は夕刻に出かけるが、今夜は戻らぬやもしれぬ」

「どちらへ」

「動かぬ証拠を、手に入れにまいる」

「まさか、狐のちょうちんの正体を暴かれるおつもりですか」

「…………」

答えないでいると、お初が厳しい目を向けて、

「騙されますよ」

声音を低くし、さも恐ろしげに言う。

「心配いらぬ。相手は狐ではなく人じゃ。騙されはせぬ」

「わたくしもまいります」

「いや、一人でなければ出てこぬというから一人でゆく。お初は、善衛門の帰りを待って、これを届けてほしい」

書状を差し出すと、受け取ったお初が問う。

「どちらにお届けしますか」

「ふむ、実はな」

信平は、お初の耳元でささやいた。鬢付け油（びんつけあぶら）の香りにまじり、ほのかに花の香りがする。伝え終えると、お初は一瞬目を丸くしたが、すぐに笑みを浮かべて承知した。

信平は、赤い単衣の上に白い狩衣、抹茶色の指貫の身なりを整えると、腰に狐丸を下げて出かけた。一人で川舟に乗り、夕闇が迫る大川をさかのぼる。そして、浅草の舟宿に入った。そこで夜がふけるのを待ち、噂で聞いていた場所へ向かった。

浅草寺の横手を歩み、暗い道を北上してゆく。

名も知らぬ寺の横を歩み、土塀の角を左に曲がると、途端に人気（ひとけ）がなくなる。しばらく行くと、右手は百姓地が広がり、左は浅草寺の建物が、月夜の空に黒い影を浮かせている。

程なく月は雲に隠れ、暗くて道がよく見えなくなった。それでも信平は、先へ進む。

人気に驚いた鳥が田んぼの中で羽ばたくのが分かったが、姿は見えない。

声をかけられたのは、その時だった。

「もし、もし」

耳に心地よい女の声がするほうへ振り向くと、ちょうちんの淡い明かりがぽつりと浮かんでいる。信平をもってしても、その気配にまったく気付かなかった。

立ち止まると、明かりはゆっくり近づいてきた。

「暗い道は危のうございます。よろしければ、照らしてさしあげましょう」

そう言って近づいた女の顔が、ちょうちんの明かりに浮かぶ。噂どおり、狐が化けたと思えるほど肌の色が白く、妖艶だ。

「照らしてさしあげましょう」

女はもう一度言い、足下を照らした。

「では、頼もうか」

信平は、ちょうちんの明かりを頼りに歩を進めた。だがそのうちに、どこをどう歩いたのか分からなくなり、いつの間にか、細い道を歩かされていた。不思議だったのは、途中の記憶がないことだ。

「ここは、どこじゃ」

「こちらではございませぬのか」

と言った女が、妖艶な笑みを浮かべた。

信平は、女がこの世の物ではないように思えてきて気味が悪くなり、

「ちと、違うようじゃ。引き返そう」

来た道を戻りはじめた。

「あの、もし」

呼び止められて振り向くと、女の背後に、桜色のちょうちんが二つ灯り、淡い光を放っている。

「よろしければ、休んでいかれませぬか」

「いや、しかし」

「休んでいかれませ」

優しく腕を引かれた。すがるような眼差しを向ける女の表情が、信平はふと、気に

なった。

「では、少しだけ」

誘われるまま、信平は女の後ろに続いて歩み、入り口を潜った。

紅色の壁に囲まれた廊下を歩み、奥の部屋へと通される。

部屋に入ると、女は笑みを浮かべて、別室の襖を開けて見せた。壁の色よりさらに鮮やかな紅色の布団が敷いてある。

女は線香に火をつけると、信平の手を取り、そちらに誘った。帯に手を回して自ら解きはじめ、妖艶な目でじっと見つめ、着物を脱いでいく。

すべてを脱ぎ捨て、女の白い肌が露(あら)わになった時、信平はつんと鼻を突く匂いに気付き、

「しまった」

慌てて、部屋を飛び出した。

飛び出した時には、すでに足がふらつき、目まいがはじまっていた。それでも、これ以上嗅がぬために、急いで外へ出た。

「おやおや、兄貴、鴨(かも)が出てきやしたぜ」

「あの女(あま)、しくじりやがったな」

無頼者が二人現れ、建物の中から、さらに四人出てきた。

信平は辛うじて目が見えているが、人物が歪んでいる。

「ちったあ、線香に仕込んだ薬が効いているようだな。大人しくしてりゃ、命までは取らねぇぜ。おう、着ている物をはぎ取れ」

男が命じると、四人が近づいてくる。

「うへへ、こいつの刀は、おれが目を付けたんだ。どうでい、見るからに高そうじゃねぇか」

「夜の町をぶらぶら歩いているおめぇがいけねぇんだぜ」

などと言い、その者が手を伸ばした手首をつかんだ信平は、ひねり倒した。

背中から地面にたたきつけられた男は、腰を浮かせて悶絶している。

「野郎！」

仲間が怒鳴り、着物の懐から匕首を出して抜いた。

信平は、匕首を向ける男どもを前に、臆することなく問う。

「そちたちに、ちと訊きたいことがある。正直に申せば、命までは取らぬ」

「ふん、薬が効いた身体でおれたちとやろうってのかい」

「やめておけ」

信平は左手を顔の前に上げて、狩衣の袖から隠し刀を出して見せた。

「しゃらくせえ」

無頼者が怒鳴り、匕首で斬りかかってきた。

信平はひらりと左にかわし、前に出る。その背後で、手首を浅く切り裂かれた男が悲鳴をあげ、匕首を落とした。

兄貴と呼ばれた男に迫る信平を、手下どもは止めることができない。腕を斬られ、足を払われて悲鳴をあげ、地べたに転がって悶絶している。

手下どもを倒した信平が、兄貴と呼ばれた男の鼻先に左手を伸ばし、隠し刀の切っ先を突きつけた。

「ま、待て、斬るな、斬るな」

顔を引きつらせる男に、信平は鋭い眼差しで問う。

「大洲藩士から証文を奪えと、仙石屋に頼まれたであろう」

「そ、それは」

「証文はどこにある」

「………」

「正直に申さねば斬る」

「冗談じゃねぇ。渡した途端に、口を封じる気だ」

「勘違いをいたすな。麿はそちが思う者ではない」

「それじゃ、誰なんだい」

「そちたちが証文を奪った者の命を助けるために動いている。言わぬなら、そちの首を証として、悪事をたくらむ者どもの前に出す」

信平は隠し刀を引き、狐丸に手をかけた。

男は目を見張る。

「い、言います。言いますから、命ばかりはお助けを」

観念し、懐から油紙の包みを取り出した。

「この中にあります」

震える手で渡された包みを開くと、確かに証文だった。仙石屋から燃やすように命じられていたにもかかわらず、いざという時のために、持ち歩いていたと言う。

「あっしも馬鹿じゃありやせんから、いつか口を封じに来るとふんでおりやした」

「麿の手の者が申すには、そちが思うとおりじゃ。命が惜しければ、この足で江戸から去れ」

「へへぇ」

男は頭を下げ、手下に向かって言う。

「野郎ども、こちらの旦那のお言葉を聞いたな。長居は無用だ、ずらかるぞ」

「へい！」

手を押さえ、足を引きずり、一味が逃げようとする。

「待て」

「へ？」

「中にもう一人おるではないか」

すると男が、怖ず怖ずと言う。

「あれは元々、仲間じゃねえんで。夜になると浅草をふらついておりやしたんで、金儲けに誘っただけで、へい。逃げるとなると足手まといになりやすんで、煮るなり焼くなり、上から下まで舐めるなり、旦那のお好きなように。ああ、ついでに言っときますが、あっしらは、このあたりをうろついていたあの女をとっ捕まえて使いやしたが、これまで騙して連れ込んだ男共々、誰一人裸の身体に触れておりやせんので、へへ、旦那の物にしてやっておくんなさい」

「おい……」

信平が止めるのも聞かず、ごめんなすって、と、調子のよいことを言い、男は手下を連れて暗闇を走り去った。

　信平は建物に振り向いた。裸で眠る女のところへ戻ることを躊躇い、目がさめれば どこへでも行くだろうと思い、そのままにして深川に帰った。

八

　この日は、朝から雲ひとつ浮かばぬ青空が広がっていた。

　爽やかな秋晴れの空とは反対に、久米八太郎の表情はどんよりと曇っている。

　十歩進むたびにため息をついているのでは、と思うほど、頻繁に深い息を吐き、背を丸めて歩いている。

　なくした証文を信平が手に入れたことを知らぬ八太郎は、善衛門に付き添われ、大洲藩上屋敷(かみやしき)内の長屋から出かけて、藩公が待つ御広間に向かっている。

　庭の敷物(しきもの)に正座している仙石屋を横目に見つつ廊下を歩み、障子が開けられている御広間の前に正座し、上座に向かって平身低頭した。

「久米八太郎にございまする」

　善衛門は名を告げず、八太郎より少し離れた場所で正座し、じっと中の様子をうかがっている。

上座に向かって右側の襖を背にして座る、白髪頭の侍が、そんな善衛門の態度が気に入らぬと見えて、

「久米、隣におるのは何者じゃ」

と、威圧的に言う。

八太郎は顔を上げて答えた。

「この八太郎めの、付き添い人にございまする」

「付き添いじゃと」

渋い顔で言うのは、白髪頭の侍の左側に座る、次席家老の三田貞篤だ。

「付き添いの分際で、殿にあいさつもせぬとは無礼な」

「これは、失礼つかまつった」

善衛門が堂々たる態度で三田を睨み、

「それがし、葉山善衛門と申す」

続いて、白髪頭に視線を移し、

「古村殿、お久しゅうござるな」

そう言うと、古村がいぶかしげに、眉間に皺を寄せた。

善衛門が微笑む。

「どうやら、それがしのことをお忘れのようだ」

言われて思い出したのか、古村が、

「あっ」

と、尻を浮かせた。そして、不機嫌な顔を久米に向けて言う。

「久米、今日は大事な日ぞ、殿の許しもなく葉山殿を招くとは何ごとか」

今は隠居の身とはいえ、将軍に仕えていた善衛門にこの場にいられてはたまらぬとばかりに、声を荒らげた。

「苦しゅうない」

そう言ったのは、これまで黙っていた藩主、加藤出羽守だ。

「しかし殿」

「よいのだ古村。葉山殿は、こたびのことに関わりがおありじゃ」

古村は驚いた。

「なんと申されます」

「そうであろう、仙石屋」

出羽守に言われても、善衛門の正体を知らぬ仙石屋が動じることはなく、余裕さえ見せて頭を下げた。

なくした証文の再発行を頼みに来た爺など、今となってはどうでもよい、ということなのだろう。

その仙石屋が、薄い笑みを浮かべて言う。

「出羽守様、勘定方がお揃いになられたようですから、そろそろおいとまをしとう存じますが」

「うむ、手間を取らせたのう仙石屋。今日で借りた金をすべて返すが、また何かあれば、よろしゅう頼むぞ」

「これはこれは、お殿様直々にそのようなお言葉を頂戴し、この仙石屋、身に余る誉れでございます」

「古村」

出羽守が命じると、古村が勘定組頭の大津に向けて顎を引く。

応じた大津が立ち上がり、廊下に出た。

「荷をこれへ持て」

大声で命じると、家来の手で千両箱が次々と運び込まれ、仙石屋の前に積み上げられた。

「仙石屋、残りの五千両じゃ」

出羽守がにこやかに言うと、

「はて、足りませせぬが」

仙石屋が、首をかしげて言う。

出羽守が険しい顔をする。

「何、足らぬじゃと」

「お貸しした額は、一万両のはずでございます」

「そのようなことは分かっておる。一月前に、五千両返したではないか」

「いえ、返していただいておりませぬが」

とぼけたように言う仙石屋の前に、出羽守が歩み出る。その後に古村が続き、確かに払ったはずだと、詰め寄っている。

慌てる二人の背中を盗み見た三田が、大津と密かに目線を合わせて、ほくそ笑んだ。

「大津！　どうなっておるのだ！」

古村が顔を真っ赤にして身を震わせ、今にも倒れそうな声で問い詰めた。

「おそれながら申し上げます！」

大声をあげたのは、久米八太郎だ。庭に駆け下り、白洲に額を擦り付けて頭を下げた。

「久米！　これはどういうことか申せ！」

怒鳴る古村に顔を上げた八太郎は、正直に話した。

古村が目を見張る。

「証文を取られただと！」

それだけでも切腹ものであるが、仙石屋と話が合わない。

古村がそこのところを訊くと、八太郎は泣きそうな顔で言う。

「一月前、確かに五千両を返してございます。この仙石屋が、嘘を申しておるのです」

「たわけ！」

大津が怒鳴り、古村と八太郎のあいだに割って入った。

「おそれながら御家老、この久米は嘘を申しております」

「どういうことじゃ」

「証文を狐のちょうちんなる盗っ人どもに奪われたと嘘をつき、藩より預かった五千両を、どこかに隠しているに違いありません」

「なにい」

古村が歯をむき出し、怒りの顔を八太郎に向けた。

八太郎は必死の形相で身を乗り出す。

「そのようなこと、断じてございませぬ」

大津が振り向いた。

「ええい黙れ！　我らが何も知らぬと思うておるのか」

「大津様、それがしが大津様にご相談申し上げた時、証文が見つからねば共に腹を切るとまで申してくださったではありませぬか。それがしが五千両を奪ったなどと、なぜそのようなことを申されるのです」

「調べたからに決まっておろうが。貴様が雇ったという人足もおらぬし、仙石屋の番頭をはじめ下人にいたるまで、貴様が金を運び入れたところを見た者は誰一人おらぬ」

「それは……」

「それだけではない。貴様、そこの爺と二人で仙石屋に乗り込み、証文を書けと脅したであろう。藩の金を奪っておきながら巷を騒がす盗っ人のせいにして、藩にとって大事な仙石屋まで脅すとは、とんでもない奴じゃ。この大悪党め」

「…………」

罪人呼ばわりされた八太郎は、悔しさに下唇を嚙んだ。この時になってようやく、自分が罠にはめられたことに気付いたのだ。

「おのれ、騙したな」

大津を睨み、脇差しに手をかけた。

「久米！　殿の御前であるぞ！」

古村に怒鳴られて思いとどまった八太郎は、歯を食いしばった。

三田が広縁に出てきた。

「この大悪党めが、本性を出しおったわ。乱心者じゃ、であえ、であえい！」

三田の大声に応じて家来たちが集まり、庭に下りていた善衛門と八太郎を囲んだ。

「かまわぬ、この乱心者を即刻斬り捨てい」

三田が言うなり、八太郎は脇差しを抜いた。

「ごめん！」

逆手に持って切っ先を己に向け、腹を突き刺さんと尻を浮かせる。

「たわけ！」

間一髪のところで手を止めたのは、善衛門だ。素早く八太郎の手首を取り、脇差しを奪った。

膝を地面についたまま広縁に向いた善衛門が、

「出羽守殿、このあたりでよろしゅうございましょう」

と、頭を下げた。

なんのことかと、一同が息を呑む中で、出羽守が家来たちに言う。

「皆下がれ」

「殿！」

驚く古村に、出羽守が言う。

「余の言葉が聞こえぬのか」

すると古村は、善衛門と八太郎を囲む家来たちを下がらせた。

出羽守が善衛門に顔を向ける。

「葉山殿、かのお方から書状をいただいた時は、この泰興（やすおき）、正直信じられなんだ」

「さもあろう」

「お知恵を賜ったおかげで、まことの大悪人が誰であるか、よう分かり申した」

善衛門が笑みを浮かべてうなずく。

「これは、我があるじが狐のちょうちんなる盗賊から取り戻した物。後は、出羽守殿におまかせいたす」

そう言って広縁に進み、出羽守に差し出した。

善衛門が手にしている物が何であるかを知った三田が驚愕し、大津が息を呑む。仙石屋などは、出羽守にひと睨みされただけで、わなわなと震えだした。

善衛門が出羽守に渡して言う。

「八太郎を、連れ帰ってもよろしゅうございますな」

「うむ。これを奪われたことは罪じゃが、葉山殿に免じて、こたびは許そう」

「かたじけない。では……」

善衛門は出羽守と古村に頭を下げ、八太郎を連れてその場を退散した。

「この者どもをひったてい！」

屋敷に出羽守の怒号が響いたのは、善衛門と八太郎が屋敷の玄関から出た直後であった。

九

信平は、寺の門前に置かれた石に腰かけて、夕焼けに染まる秋の空を眺めながら、大洲藩上屋敷の門から出てくる善衛門を待っていた。

時折、浅草田んぼに目を向け、ふと、あの夜のおなごのことを思った。

救いを求めるような目をしていたことを思い出し、今頃、どこでどうしているのか、心配になった。

程なく、善衛門が帰ってきた。

「殿、万事うまくいきましたぞ」

信平はうなずいた。

「それはよかった」

「八太郎を長屋に送りましたら、泣いて放しませぬゆえ、遅うなってしまいました。帰りましょう」

「うむ」

笑顔で応じた信平は、深川に渡る舟を雇うために、浅草の舟宿に向かった。

浅草寺北の、例の道を歩いていると、向こうからこちらに走ってくる人影があった。

その者は、徳次郎だ。

信平が立ち止まっていると、気付いた徳次郎が、笑顔で頭を下げて駆け寄ってくる。

「御屋敷にうかがいましたら、お初さんから大洲藩の上屋敷に行かれていると聞いたもので来ました」

「この道を通るとなぜ分かった」

「だってほら、藩邸から浅草の舟宿に行くには、この道が近道ですから」

「そうであったか。して、用向きは」

「こないだ信平様が連れ込まれた、妖しい建物のことをお知らせしようと思いまして」

「何か分かったか」

「信平様から聞いてすぐ、このあたりの茶屋を片っ端から当たりましたが、おっしゃったような女は見つかりませんでしたぜ。それどころか、部屋の壁が赤い建物なんて洒落たもんは、ありませんでしたよ」

信平は不思議に思った。

「ではあれは、なんだったのであろうな」

すると徳次郎が、にこにこして言う。

「女に見とれて、黒いもんも赤いように見えたんじゃねえですかい」

「こりゃ、殿に無礼なことを申すな」

善衛門に叱られて、徳次郎は首を引っ込めた。

善衛門が口をむにむにとやる。

「そんなことを言うためにわざわざ来たのか」

「いえ、これはついでですよ、ご隠居様」

「ご、ご隠居と申したかこの……」

「まあまあ、よい知らせを持ってきたんですからご勘弁を」

「なんじゃ、早う申せ」

「へい。こたびの狐のちょうちんの件と、るべうす事件のことで、信平様に御奉行様から感謝状が出たそうで。それもただの感謝状じゃなく、金一封付き」

善衛門が目を輝かせた。

「それはまことか」

「ご隠居じゃなくて、信平様にですよ」

「分かっておる。たとえ少しでも、今は助かるのじゃ。して、いつもらえる」

「御奉行様の名代として、五味の旦那が御屋敷で待っておられます。ほっとくと寄り道してお帰りになるから呼んできてくれとお初さんがおっしゃるものですから、あっしがこうしてお迎えに来たってわけです。信平様も、お好きな口ですかい」

酒ではなく女のほうを示すので、信平は苦笑いをした。

お初は、時々信平が朝見に行くことをよく思っていないのだ。

「とにかく急ぎましょう。五味の旦那が鯛の尾頭付きを奮発して、首を長くして待ってますんで」

「おお、鯛か、久しぶりじゃのう」

善衛門が急に機嫌をよくし、徳次郎を急かすように足を速めた。

二人の後ろを歩いていた信平は、ふと、浅草田んぼに目を向け、思わず息を呑んで立ち止まった。

夕焼けに染まる田んぼの中に、真っ白な毛をした狐がちょこんと座り、じっと信平のことを見ていたのだ。太くて長い尻尾をゆるり、ゆるりと振り、信平から目を離そうとしない。

「殿、いかがされた」

「善衛門、あれを見よ」

信平が一瞬だけ目を離した隙に、白狐は姿を消していた。

後年、この地に移転してくる新吉原に伏見と名がつく町が作られ、郭の四つ角に稲荷神社が創建されたのは、男を魅了して騙す狐のちょうちんの噂が広まったのが原因であるかどうかは、定かではない。

本書は『公家武者　松平信平　狐のちょうちん』（二見時代小説文庫）を大幅に加筆・改題したものです。

|著者| 佐々木裕一　1967年広島県生まれ、広島県在住。2010年に時代小説デビュー。「公家武者　信平」シリーズ、「浪人若さま新見左近」シリーズのほか、「若返り同心　如月源十郎」シリーズ、「身代わり若殿」シリーズ、「若旦那隠密」シリーズなど、痛快かつ人情味あふれるエンタテインメント時代小説を次々に発表している時代作家。本作は公家出身の侍・松平信平が主人公の大人気シリーズ、その始まりの物語、第1弾。

狐（きつね）のちょうちん　公家武者信平（くげむしゃのぶひら）ことはじめ(一)

佐々木裕一（ささきゆういち）

講談社文庫

定価はカバーに
表示してあります

2020年10月15日第1刷発行

発行者——渡瀬昌彦
発行所——株式会社　講談社
東京都文京区音羽2-12-21　〒112-8001
電話　出版　(03)　5395-3510
　　　販売　(03)　5395-5817
　　　業務　(03)　5395-3615

Printed in Japan

デザイン—菊地信義
本文データ制作—講談社デジタル製作
印刷———大日本印刷株式会社
製本———大日本印刷株式会社

ISBN978-4-06-521307-0

講談社文庫刊行の辞

二十一世紀の到来を目睫に望みながら、われわれはいま、人類史上かつて例を見ない巨大な転換期をむかえようとしている。

世界も、日本も、激動の予兆に対する期待とおののきを内に蔵して、未知の時代に歩み入ろうとしている。このときにあたり、創業の人野間清治の「ナショナル・エデュケイター」への志を現代に甦らせようと意図して、われわれはここに古今の文芸作品はいうまでもなく、ひろく人文・社会・自然の諸科学から東西の名著を網羅する、新しい綜合文庫の発刊を決意した。

激動の転換期はまた断絶の時代である。われわれは戦後二十五年間の出版文化のありかたへの深い反省をこめて、この断絶の時代にあえて人間的な持続を求めようとする。いたずらに浮薄な商業主義のあだ花を追い求めることなく、長期にわたって良書に生命をあたえようとつとめるところにしか、今後の出版文化の真の繁栄はあり得ないと信じるからである。

同時にわれわれはこの綜合文庫の刊行を通じて、人文・社会・自然の諸科学が、結局人間の学にほかならないことを立証しようと願っている。かつて知識とは、「汝自身を知る」ことにつきていた。現代社会の瑣末な情報の氾濫のなかから、力強い知識の源泉を掘り起し、技術文明のただなかに、生きた人間の姿を復活させること。それこそわれわれの切なる希求である。

われわれは権威に盲従せず、俗流に媚びることなく、渾然一体となって日本の「草の根」をかたちづくる若く新しい世代の人々に、心をこめてこの新しい綜合文庫をおくり届けたい。それは知識の泉であるとともに感受性のふるさとであり、もっとも有機的に組織され、社会に開かれた万人のための大学をめざしている。大方の支援と協力を衷心より切望してやまない。

一九七一年七月

野間省一

講談社文庫 最新刊

瀬戸内寂聴
いのち
大病を乗り越え、いのちの炎を燃やして95歳で書き上げた「最後の長編小説」が結実！

真山 仁
シンドローム(上)(下)
〈ハゲタカ5〉
電力は国家、ならば国ごと買い叩く。ダークヒーロー鷲津が牙を剝く金融サスペンス！

浅田次郎
地下鉄（メトロ）に乗って
〈新装版〉
浅田次郎の原点である名作。地下鉄駅の階段を上がるとそこは30年前。運命は変わるのか。

佐々木裕一
くもの頭領
〈公家武者 信平（のぶひら）(九)〉
三万の忍び一党「蜘蛛（くも）」を束ねる頭領を捜せ！実在の傑人・信平を描く大人気時代小説。

狐のちょうちん
〈公家武者信平ことはじめ(一)〉
実在の公家侍・信平を描く大人気シリーズ、その始まりの物語が大幅に加筆し登場！

知野みさき
江戸は浅草3
〈桃と桜〉
江戸人情と色恋は事件となって現れる——大注目の女性時代作家、筆ますます冴え渡る！

西村京太郎
十津川警部 山手線の恋人
山手線新駅建設にからみ不可解な事件が続発。十津川は裏に潜む犯人にたどり着けるのか？

野村克也 宮本慎也
師 弟
ヤクルトスワローズの黄金期を築いた二人に学ぶ、「結果」を出すための仕事・人生論！

本谷有希子
静かに、ねぇ、静かに
SNSに頼り、翻弄され、救われる僕たちの空騒ぎ。SNS三部作！ 芥川賞受賞後初作品集。

講談社文庫　目録

佐藤雅美　向井帯刀の発心〈物書同心居眠り紋蔵〉
佐藤雅美　一心斎不覚の筆禍〈物書同心居眠り紋蔵〉
佐藤雅美　魔物が棲む町〈物書同心居眠り紋蔵〉
佐藤雅美　ちよの負けん気、実の父親〈物書同心居眠り紋蔵〉
佐藤雅美　へこたれない人〈物書同心居眠り紋蔵〉
佐藤雅美　わけあり師匠事の顚末〈物書同心居眠り紋蔵〉
佐藤雅美　御奉行の頭の火照り〈物書同心居眠り紋蔵〉
佐藤雅美　江戸繁昌記〈寺門静軒無聊伝〉
佐藤雅美　青雲遥かに〈大内俊助の生涯〉
佐藤雅美　悪足掻きの跡始末　厄介弥三郎
酒井順子　負け犬の遠吠え
酒井順子　金閣寺の燃やし方
酒井順子　昔は、よかった？
酒井順子　もう、忘れたの？
酒井順子　そんなに、変わった？
酒井順子　泣いたの、バレた？
酒井順子　気付くのが遅すぎて、
酒井順子　朝からスキャンダル
酒井順子　忘れる女、忘れられる女

佐野洋子　嘘ばっか〈新釈・世界おとぎ話〉
佐野洋子　コッコロから
佐川芳枝　寿司屋のかみさん　サヨナラ大将
笹生陽子　ぼくらのサイテーの夏
笹生陽子　きのう、火星に行った。
笹生陽子　世界がぼくを笑っても
沢木耕太郎　一号線を北上せよ〈ヴェトナム街道編〉
櫻田大造　「優」をあげたくなる答案・レポートの作成術
沢村　凜　タソガレ
佐藤多佳子　一瞬の風になれ　全三巻
笹本稜平　駐在刑事
笹本稜平　駐在刑事　尾根を渡る風
佐藤あつ子　昭　田中角栄と生きた女
西條奈加　世直し小町りんりん
西條奈加　まるまるの毬
佐伯チズ　完全版　佐伯チズ式「完全美肌バイブル」〈123の肌悩みにズバリ回答！〉
斉藤　洋　ルドルフとイッパイアッテナ
斉藤　洋　ルドルフともだちひとりだち
佐々木裕一　若返り同心　如月源十郎〈不思議な飴玉〉

佐々木裕一　若返り同心　如月源十郎〈闇の顔〉
佐々木裕一　公家武者　信平〈消えた狐丸〉
佐々木裕一　逃げた名馬〈公家武者　信平(二)〉
佐々木裕一　比叡山の鬼〈公家武者　信平(三)〉
佐々木裕一　公卿の罠〈公家武者　信平(四)〉
佐々木裕一　狙われた旗本〈公家武者　信平(五)〉
佐々木裕一　赤い刀身〈公家武者　信平(六)〉
佐々木裕一　帝の刀匠〈公家武者　信平(七)〉
佐々木裕一　若君の覚悟〈公家武者　信平(八)〉
佐藤　究　QJKJQ
佐藤　究　Ank〈a mirroring ape〉
佐藤　究　サージウスの死神
佐野　晶　三田紀房・原作　小説アルキメデスの大戦
澤村伊智　恐怖小説キリカ
さいとう・たかを　戸川猪佐武　原作　歴史劇画　大宰相〈第一巻　吉田茂の闘争〉
さいとう・たかを　戸川猪佐武　原作　歴史劇画　大宰相〈第二巻　鳩山一郎の悲運〉
さいとう・たかを　戸川猪佐武　原作　歴史劇画　大宰相〈第三巻　岸信介の強腕〉
さいとう・たかを　戸川猪佐武　原作　歴史劇画　大宰相〈第四巻　池田勇人と佐藤栄作の激突〉
さいとう・たかを　戸川猪佐武　原作　歴史劇画　大宰相〈第五巻　田中角栄の革命〉

さいとう・たかを 戸川猪佐武 原作 歴史劇画 大宰相 〈第六巻 三木武夫の挑戦〉
さいとう・たかを 戸川猪佐武 原作 歴史劇画 大宰相 〈第七巻 福田赳夫の復讐〉
さいとう・たかを 戸川猪佐武 原作 歴史劇画 大宰相 〈第八巻 大平正芳の決断〉
さいとう・たかを 戸川猪佐武 原作 歴史劇画 大宰相 〈第九巻 鈴木善幸の苦悩〉
さいとう・たかを 戸川猪佐武 原作 歴史劇画 大宰相 〈第十巻 中曽根康弘の野望〉
佐藤 優 人生の役に立つ聖書の名言
佐々木 実 竹中平蔵 市場と権力 「改革」に憑かれた経済学者の肖像
司馬遼太郎 新装版 播磨灘物語 全四冊
司馬遼太郎 新装版 箱根の坂 (上)(中)(下)
司馬遼太郎 新装版 アームストロング砲
司馬遼太郎 新装版 歳 月 (上)(下)
司馬遼太郎 新装版 おれは権現
司馬遼太郎 新装版 大 坂 侍
司馬遼太郎 新装版 北斗の人 (上)(下)
司馬遼太郎 新装版 軍 師 二 人
司馬遼太郎 新装版 真説宮本武蔵
司馬遼太郎 新装版 最後の伊賀者
司馬遼太郎 新装版 俄 (上)(下)
司馬遼太郎 新装版 尻啖え孫市 (上)(下)

司馬遼太郎 新装版 王城の護衛者
司馬遼太郎 新装版 妖 怪 (上)(下)
司馬遼太郎 新装版 風の武士 (上)(下) 〈レジェンド歴史時代小説〉
司馬遼太郎 戦 雲 の 夢
司馬遼太郎 海音寺潮五郎 新装版 日本歴史を点検する
司馬遼太郎 井上ひさし 新装版 国家・宗教・日本人
司馬遼太郎 陳舜臣 金達寿 新装版 歴史の交差路にて 〈日本・中国・朝鮮〉
柴田錬三郎 お江戸日本橋 (上)(下)
柴田錬三郎 貧乏同心御用帳
柴田錬三郎 新装版 岡っ引どぶ 〈柴錬捕物帖〉
柴田錬三郎 新装版 顔十郎罷り通る (上)(下) 〈レジェンド歴史時代小説〉
白石一郎 庖 丁 ざ む ら い 〈十時半睡事件帖〉
島田荘司 御手洗潔の挨拶
島田荘司 御手洗潔のダンス
島田荘司 暗闇坂の人喰いの木
島田荘司 水晶のピラミッド
島田荘司 眩(めまい)暈
島田荘司 ア ト ポ ス
島田荘司 異 邦 の 騎 士 〈改訂完全版〉

島田荘司 御手洗潔のメロディ
島田荘司 P の 密 室
島田荘司 ネジ式ザゼツキー
島田荘司 都市のトパーズ2007
島田荘司 21世紀本格宣言
島田荘司 帝都衛星軌道
島田荘司 UFO大通り
島田荘司 リベルタスの寓話
島田荘司 透明人間の納屋
島田荘司 占星術殺人事件 〈改訂完全版〉
島田荘司 斜め屋敷の犯罪 〈改訂完全版〉
島田荘司 星籠(せいろ)の海 (上)(下)
島田荘司 屋 上
島田荘司 名探偵傑作短篇集 御手洗潔篇
島田荘司 火 刑 都 市 〈改訂完全版〉
清水義範 蕎麦(そば)ときしめん
清水義範 国語入試問題必勝法
椎名 誠 にっぽん・海風魚旅 〈怪し火さすらい編〉
椎名 誠 大漁旗ぶるぶる乱風編 〈にっぽん・海風魚旅4〉

講談社文庫 目録

- 高橋克彦 写楽殺人事件
- 高橋克彦 総門谷
- 高橋克彦 炎立つ 壱 北の埋み火
- 高橋克彦 炎立つ 弐 燃える北天
- 高橋克彦 炎立つ 参 空への炎
- 高橋克彦 炎立つ 四 冥き稲妻
- 高橋克彦 炎立つ 伍 光彩楽土〈全五巻〉
- 高橋克彦 火怨〈北の燿星アテルイ〉(上)(下)
- 高橋克彦 水壁〈アテルイを継ぐ男〉
- 高橋克彦 時宗 壱 乱星
- 高橋克彦 時宗 弐 連星
- 高橋克彦 時宗 参 震星
- 高橋克彦 時宗 四 戦星〈全四巻〉
- 高橋克彦 天を衝く(1)〜(3)
- 高橋克彦 風の陣 一 立志篇
- 高橋克彦 風の陣 二 大望篇
- 高橋克彦 風の陣 三 天命篇
- 高橋克彦 風の陣 四 風雲篇
- 高橋克彦 風の陣 五 裂心篇

- 高樹のぶ子 オライオン飛行
- 田中芳樹 創竜伝1〈超能力四兄弟〉
- 田中芳樹 創竜伝2〈摩天楼の四兄弟〉
- 田中芳樹 創竜伝3〈逆襲の四兄弟〉
- 田中芳樹 創竜伝4〈四兄弟脱出行〉
- 田中芳樹 創竜伝5〈蜃気楼都市〉
- 田中芳樹 創竜伝6〈染血の夢〉
- 田中芳樹 創竜伝7〈黄土のドラゴン〉
- 田中芳樹 創竜伝8〈仙境のドラゴン〉
- 田中芳樹 創竜伝9〈妖世紀のドラゴン〉
- 田中芳樹 創竜伝10〈大英帝国最後の日〉
- 田中芳樹 創竜伝11〈銀月王伝奇〉
- 田中芳樹 創竜伝12〈竜王風雲録〉
- 田中芳樹 創竜伝13〈噴火列島〉
- 田中芳樹 魔天楼〈薬師寺涼子の怪奇事件簿〉
- 田中芳樹 東京ナイトメア〈薬師寺涼子の怪奇事件簿〉
- 田中芳樹 巴里・妖都変〈薬師寺涼子の怪奇事件簿〉
- 田中芳樹 クレオパトラの葬送〈薬師寺涼子の怪奇事件簿〉
- 田中芳樹 黒蜘蛛島〈薬師寺涼子の怪奇事件簿〉

- 田中芳樹 夜光曲〈薬師寺涼子の怪奇事件簿〉
- 田中芳樹 魔境の女王陛下〈薬師寺涼子の怪奇事件簿〉
- 田中芳樹 タイタニア1〈疾風篇〉
- 田中芳樹 タイタニア2〈暴風篇〉
- 田中芳樹 タイタニア3〈旋風篇〉
- 田中芳樹 タイタニア4〈烈風篇〉
- 田中芳樹 タイタニア5〈凄風篇〉
- 田中芳樹 ラインの虜囚
- 田中芳樹 幸田露伴原作 運命〈二人の皇帝〉
- 田中芳樹 土屋守 「イギリス病」のすすめ
- 田中芳樹ほか文 皇名月画・文 中国帝王図
- 田中芳樹 赤城毅 中欧怪奇紀行
- 田中芳樹編訳 岳飛伝(一)〈青雲篇〉
- 田中芳樹編訳 岳飛伝(二)〈烽火篇〉
- 田中芳樹編訳 岳飛伝(三)〈風塵篇〉
- 田中芳樹編訳 岳飛伝(四)〈悲曲篇〉
- 田中芳樹編訳 岳飛伝(五)〈凱歌篇〉
- 高田文夫 誰も書けなかった「笑芸論」〈森繁久彌からビートたけしまで〉
- 高田文夫 TOKYO芸能帖〈1981年のビートたけし〉

講談社文庫　目録

髙村　薫　李　歐
髙村　薫　マークスの山(上)(下)
髙村　薫　照　柿(上)(下)
多和田葉子　犬婿入り
多和田葉子　尼僧とキューピッドの弓
多和田葉子　献　灯　使
高田崇史　QED〈百人一首の呪〉
高田崇史　QED〈六歌仙の暗号〉
高田崇史　QED〈ベイカー街の問題〉
高田崇史　QED〈東照宮の怨〉
高田崇史　QED〈式の密室〉
高田崇史　QED〈竹取伝説〉
高田崇史　QED〈龍馬暗殺〉
高田崇史　QED～ventus～〈鎌倉の闇〉
高田崇史　QED〈鬼の城伝説〉
高田崇史　QED～ventus～〈熊野の残照〉
高田崇史　QED〈神器封殺〉
高田崇史　QED～ventus～〈御霊将門〉
高田崇史　QED～flumen～〈九段坂の春〉

高田崇史　QED〈諏訪の神霊〉
高田崇史　QED〈出雲神伝説〉
高田崇史　QED〈伊勢の曙光〉
高田崇史　QED～flumen～〈ホームズの真実〉
高田崇史　毒　草　師〈QED Another Story〉
高田崇史　QED～flumen～月夜見
高田崇史　QED～ortus～〈白山の頻闇〉
高田崇史　試験に出るパズル〈千葉千波の事件日記〉
高田崇史　試験に敗けない密室〈千葉千波の事件日記〉
高田崇史　試験に出ないパズル〈千葉千波の事件日記〉
高田崇史　パズル自由自在〈千葉千波の事件日記〉
高田崇史　化けて出る〈千葉千波の怪奇日記〉
高田崇史　麿の酩酊事件簿〈花に舞〉
高田崇史　麿の酩酊事件簿〈月に酔〉
高田崇史　クリスマス緊急指令〈～きよしこの夜、事件は起こる！～〉
高田崇史　カンナ　飛鳥の光臨
高田崇史　カンナ　天草の神兵
高田崇史　カンナ　吉野の暗闘
高田崇史　カンナ　奥州の覇者

高田崇史　カンナ　戸隠の殺皆
高田崇史　カンナ　鎌倉の血陣
高田崇史　カンナ　天満の葬列
高田崇史　カンナ　出雲の顕在
高田崇史　カンナ　京都の霊前
高田崇史　鬼神伝　鬼の巻
高田崇史　鬼神伝　神の巻
高田崇史　鬼神伝　龍の巻
高田崇史　軍神の血脈〈楠木正成秘伝〉
高田崇史　神の時空　鎌倉の地龍
高田崇史　神の時空　倭の水霊
高田崇史　神の時空　貴船の沢鬼
高田崇史　神の時空　三輪の山祇
高田崇史　神の時空　嚴島の烈風
高田崇史　神の時空　伏見稲荷の轟雷
高田崇史　神の時空　五色不動の猛火
高田崇史　神の時空　京の天命
高田崇史　神の時空　前紀〈女神の功罪〉
団　鬼六　悦楽王〈鬼プロ繁盛記〉

講談社文庫 目録

講談社文庫　目録

堂場瞬一　埋れた牙
堂場瞬一　Killers(上)(下)
堂場瞬一　虹のふもと
土橋章宏　超高速！参勤交代
土橋章宏　超高速！参勤交代 リターンズ
戸谷洋志　Jポップで考える哲学〈自分を問い直すための15曲〉
富樫倫太郎　信長の二十四時間
富樫倫太郎　風の如く 吉田松陰篇
富樫倫太郎　風の如く 久坂玄瑞（くさかげんずい）篇
富樫倫太郎　風の如く 高杉晋作篇
富樫倫太郎　スカーフェイス〈警視庁特別捜査第三係・淵神律子〉
富樫倫太郎　スカーフェイスII デッドリミット〈警視庁特別捜査第三係・淵神律子〉
富樫倫太郎　スカーフェイスIII ブラッドライン〈警視庁特別捜査第三係・淵神律子〉
豊田巧　警視庁鉄道捜査班〈鉄血の警視〉
豊田巧　警視庁鉄道捜査班〈鉄路の牢獄〉
夏樹静子　新装版 二人の夫をもつ女
中井英夫　新装版 虚無への供物(上)(下)
中島らも　今夜、すべてのバーで
中島らも　僕にはわからない

鳴海章　フェイスブレイカー
鳴海章　謀略航路
鳴海章　全能兵器AiCO（アイコ）
中嶋博行　ホカベン ボクたちの正義
中嶋博行　新装版 検察捜査
中嶋博行　新検察捜査
中村天風　運命を拓く〈天風瞑想録〉
中山康樹　ジョン・レノンから始まるロック名盤
梨屋アリエ　でりばりぃAge
梨屋アリエ　ピアニッシシモ
中島京子　FUTON
中島京子　妻が椎茸だったころ
中島京子ほか　黒い結婚 白い結婚
奈須きのこ　空の境界(上)(中)(下)
中村彰彦　乱世の名将 治世の名臣
長野まゆみ　簞笥のなか
長野まゆみ　レモンタルト
長野まゆみ　チマチマ記
長野まゆみ　冥途あり

長野まゆみ　45°〈ここだけの話〉
長嶋有　夕子ちゃんの近道
長嶋有　佐渡の三人
永嶋恵美　擬態
永井均／内田かずひろ絵　子どものための哲学対話
なかにし礼　戦場のニーナ
なかにし礼　生きる力〈心でがんに克つ〉
なかにし礼　夜の歌(上)(下)
中村文則　最後の命
中村文則　悪と仮面のルール
中田整一編／解説　真珠湾攻撃総隊長の回想〈淵田美津雄自叙伝〉
中村江里子　女四世代、ひとつ屋根の下
中野美代子　カスティリオーネの庭
中野孝次　すらすら読める方丈記
中野孝次　すらすら読める徒然草
中山七里　贖罪の奏鳴曲（ソナタ）
中山七里　追憶の夜想曲（ノクターン）
中山七里　恩讐の鎮魂曲（レクイエム）
中山七里　悪徳の輪舞曲（ロンド）

2020年9月15日現在